U0133314

杨炼创作总集

1978——2015 卷八

一座向下修建的塔
中文对话、访谈选辑

华东师范大学出版社

华东师范大学出版社六点分社 策划

总序：一首人生和思想的小长诗

"小长诗"，是一个新词。我记得，在2012年创始的北京文艺网国际华文诗歌奖投稿论坛上，蜂拥而至的新人新作中，这个词曾令我眼前一亮。为什么？仅仅因为它在诸多诗歌体裁间，又添加了一个种类？不，其中含量，远比一个文体概念丰厚得多。仔细想想，"小——长诗"，这不正是对我自己和我们这一代诗人的最佳称谓？一个诗人，写作三十余年，作品再多也是"小"的。但同时，这三十余年，中国和世界，从文革式的冷战加赤贫，到全球化的金钱喧嚣，其沧桑变迁的幅度深度，除"长诗"一词何以命名？由是，至少在这里，我不得不感谢网络时代，它没有改变我的写作，却以一个命名，让我的人生和思想得以聚焦："小长诗"，我铆定其中，始终续写着同一首作品！

九卷本《杨炼创作总集1978—2015》，就是这个意义上的"一部"作品。1978年，北京街头，我们瘦削、年轻、理想十足又野心勃勃，一句"用自己的语言书写自己的感觉"，划定了非诗和诗的界碑。整个八十年代，反思的能量，从现实追问进历史，再穿透文化和语言，归结为每个人质疑自身的自觉。这让我在九十年代至今的环球漂泊中，敢于杜撰和使用"中国思想词典"一词，因为这词典就在我自己身上。这词典与其他文化的碰撞，构成一种思想坐标系，让急剧深化的全球精神困境，内在于每个人的"小长诗"，且验证其思想、美学质量是否真正有效。站在2015年这个临时终点上，我在回顾和审视，并一再以"手稿"一词传递某种信息，但愿读者有此心力目力，能透过我不断的诗意变形，辨认出一个中文诗人，以全球语境，验证着中国文化现代转型的总主题："独立思考为体，古今中外为用。"绕过多少弯路，落点竟如此切近。一个简洁的句子，就浓缩、涵盖了我们激荡的一生。

我说过：我曾离散于中国，却从未离散于中文。三十多年，作家身在何处并不重要，重要的是作品——以自身为"根"，主动汲取一切资源，生成自己的创作。这里的九卷作品，有一个完整结构：第一卷《海边的孩子》，收录几部我从未正式出版的（但却对成长极为必要的）早期作品。第二卷《𡘌》（一个我的自造字，用作写作五年的长诗标题），副标题"中国手稿"，收录我1988年出国前的满意之作。第三卷《大海停止之处》，副标题"南太平洋手稿"，收录我几部1988—1993年在南太平洋澳大利亚和新西兰的诗作，中国经验与漂泊经验渐渐汇合。第四至五卷《同心圆》、《叙事诗——空间七殇》，副标题"欧洲手稿（上、下）"，收录

1994年之后我定居伦敦、柏林至今的诗作，姑且称为"成熟的"作品。第六卷散文集《月蚀的七个半夜》，汇集我纯文学创作（以有别于时下流行的拉杂"散文"）意义上的散文作品，有意识承继始于先秦的中文散文传统。第七卷思想、文论选《雁对我说》，精选我的思想、文学论文，应对作品之提问。第八卷中文对话、访谈选辑《一座向下修建的塔》，展示我和其他中文作家、艺术家思想切磋的成果。第九卷国际对话集和译诗集《仲夏灯之夜塔》，收入我历年来与国际作家的对话（《唯一的母语》），和我翻译的世界各国诗人之作（《仲夏灯之夜塔》），展开当代中文诗的国际文本关系，探索全球化语境中当代杰作的判断标准。

如果要为这九卷本"总集"确定一个主题，我愿意借用对自传体长诗《叙事诗》的描述：大历史缠结个人命运，个人内心构成历史的深度。这首小长诗中，诗作、散文、论文，三足鼎立，对话互补，自圆其说。一座建筑，兼具象牙塔和堡垒双重功能，既自足又开放，不停"眺望自己出海"，去深化这个人生和思想的艺术项目。1978—2015，三十七年，我看着自己，不仅写进、更渐渐活进屈原、奥维德、杜甫、但丁们那个"传统"——"诗意的他者"的传统，这里的"诗意"，一曰主动，二曰全方位，世界上只有一个大海，谁有能力创造内心的他者之旅，谁就是诗人。

时间是一种 X 光，回眸一瞥，才透视出一个历程的真价值（或无价值）。我的全部诗学，说来如是简单：必须把每首诗作为最后一首诗来写；必须在每个诗句中全力以赴；必须用每个字绝地反击。

那么，"总集"是否意味着结束？当然不。小长诗虽然小，但精彩更在其长。2015年，我的花甲之年，但除了诗这个"本命"，"年"有什么意义？我的时间，都输入这个文本的、智力的空间，转化成了它的质量。这个化学变化，仍将继续。我们最终能走多远？这就像问，中国文化现代转型那首史诗能有多深。我只能答，那是无尽的。此刻，一如当年：人生——日日水穷处，诗——字字云起时。

杨 炼

2014年12月2日于汕头大学旅次

目　录

诗歌是一种思想能源
——杨炼答北塔问

北塔：深谢您在百忙中接受我的采访。首先我谨代表我个人（不代表任何组织和别人）向您表示祝贺，祝贺您获得意大利诺尼诺国际文学奖。每一个奖都有它独特的价值观，比如诺贝尔奖要弘扬的是理想主义。请问诺尼诺推崇的是什么理念？

杨炼：我以为，只要是严肃的文学奖，不会有不同的理念。它们的理念都是文学。

"文学"一词，已先天内涵了作家对人类处境的认知，开拓文学创造性以呈现思想的能力。它价值的核心是个性和深度。诺尼诺奖显然也以此为准，这从它历年选择的获奖作家可以清楚看出。1993年的奈保尔既是精彩的小说家，又是严厉的文化批判者，他的《印度：受伤的文明》一书，很令我感慨感动，那揭示出他既爱又疼的印度内心，正是这构成了他小说创作的底蕴。1999年获奖的阿多尼斯更是如此。在一个神本主义语境里，他曾为坚持思想独立，长期忍受孤独和漂泊，甚至面对被谋杀的危险。他诗歌中对阿拉伯文化的爱，有外人难以想象的深刻。这些"非欧洲"的作家，在比欧洲复杂得多的现实文化处境中，不仅全方位独立，更能全方位锋利，可不容易。这不是最高级的理想主义是什么？我觉得，诺尼诺国际文学奖不是要另立价值，而是要重申文学的根本价值。

北塔：本届评审委员会主席是诺贝尔文学奖得主奈保尔。我曾翻译过他的作品。请问他本人之前是否获得过这个奖？你们都侨居英国，您在获奖前跟他是否认识？他本人对您的作品有何具体评价？

杨炼：我不认识奈保尔本人。伦敦太大了，在街上遇不见熟人，还不如到文学里去相遇。我当然读过若干他的作品，诺贝尔奖嘛，本身就是大广告。但我猜他读我的作品，恐怕是这次被评奖"逼"的，毕竟他是评审委员会主席。我不知道他本人怎么评价我的创作，但评审委员会的整体意见，当然得包括他的意见："……杨炼的诗意创作构成当代中国思想的高标之一。植根于他的千古文化，他重新阐释它，朝向当代张力再次发明和敞开它。他的诗句触及了关于我们存在的所有最重要提问，并提醒我们'诗歌是我们唯一的母语'。他在一种并非仅仅疏离于自己土地的漂泊中，把生存和写作的景观推到极致。一个全方位流亡和有深刻距离感的诗人，远远超越出我们的时空"。这就够了。

北塔：我正在九寨沟参加冰瀑文化节，几乎天天看到诺日朗瀑布。每次我都默念您早年的代表作《诺日朗》。您是否注意到江弱水根据这首诗说您具有男权主义倾向？您是否认领这种倾向？

杨炼： "诺日朗"的藏语意思是"男神"，所以被当作"男权"不奇怪。但那首诗和男、女权之争无关，那里的能量，展示出八十年代初生命力的扭动挣扎，一种突破固化社会文化结构的强烈冲动。更有意思些的，是诗歌创造本身的意义。那或许是当代中文诗第一次建立多层次语言空间的成功试验。这个"空间诗学"，既来自汉字本性的启示，又给未来更深刻的思考打开了可能。调笑一下"男权"，别忘了《诺日朗》中这行"谁是那迫使我啜饮的唯一的女性呢"，有被迫的"男权"吗？

北塔： 您长期定居于国外，是否尝试过用英文写作？

杨炼： 我出国时一句英文都不会，后来"侃"出一种"杨文"（Yanglish），最多只在写文章中使用。诗歌？一秒钟也没想用英语写。语言水平之外，主要是没必要。中文里精彩的问题太多了，思想和艺术双重深刻的中文古诗传统压力太大了，这样过瘾的事情，我们不做谁做？那何必在成千上万的英语诗人中叨陪末座呢？

北塔： "诗歌是我们唯一的母语。"对这一说法，您是否完全认同？母语之于诗歌写作，除了其命名意义外，还有什么

　功能？

杨炼：我当然完全认同。这句话把诗歌置于语言的根源处。诗歌是一种思想能源。它不仅使用现成的语言来陈述（例如大部分小说、戏剧），更聚焦于创造语言本身。一个光彩夺目的句子，不仅"打通"、更在"打开"古今中外的人生感悟。"诗不可译"的俗套说法，只是译者低能的托词。其实，原作越提出严格的要求，越激发翻译的对话，直至整个世界，都能被收入这个诗意对话的版图。顺便做个广告：我的下一本书，正是将由华东师范大学出版社出版的《唯一的母语——杨炼：诗意的全球对话》。阅读这些对话，你会发现，无论诗人写作的语言多么不同，诗歌的天性完全一样：主动拒绝一切政治的、商业的、文化的或其他等等的禁锢，把唯一的激情，锁定于极端地追问自我。这个意义上，"诗歌母语"的核心是"思想"。就像自从《离骚》中大规模使用了"流亡"（注意：既"流"且"亡"，一举击中两个层次，英语的"Exile"怎么可比？），我们才不仅读懂了，甚至读深了从奥维德到策兰的诗意。诗歌的逻辑，是从个人自觉命名群体的民族和文化，而非相反。

北塔：流亡其实有身、心两个向度，能否从精神层面上谈谈流亡的本质。

杨炼：我前面已经涉及了这个问题。实际上，我差不多否认有单纯"身"的流亡，至少那不构成任何文学的实质价值。相反，"心"的流亡才是根本。哪个精神创造者不是流亡者？她／他的精神旅程，必须基于主动拉开的内心距离，在每天、甚至每一刻抛开旧我，拓展自我的精神漂流。我出国后领悟的这个意象："这是从岸边眺望自己出海之处"，也深刻涵盖了我国内期的生存和写作。事实上，那给出了一种原型，能沟通古今中外一切诗歌杰作。也因此，"地下"、"流亡"不是头衔和商标，不属于某些人，更不给诗作提供附加值。这世界上没有诗人的天堂。于是别推托环境，真问题是："你"对困境怎么反应？——怎么写？决定了"你"存在的性质。还是诗最到位。在一行诗尽头的悬崖处，诗人必须整个再生。越看似"不可能"，重新开始的能量越大。有这点自觉，我们就懂了，一个人就是一个活的传统：一个中文之内不停"出海"的精神传统。我从未离散于它。漂流，恰恰使我返回了它。

北塔：我记得在一次中坤诗会上，您提出"本地抽象"的概念。它似乎源自波德莱尔。我本人的诗歌写作受波德莱尔影响甚深，所以对这一提法"心有戚戚焉"。能否谈谈波德莱尔或者象征主义对您的影响？

杨炼："本地抽象"？我想你说的是"本地中的国际"。漫长的国际漂流之后，我很警惕"国际"这个词的空泛。如果"国际"不是建立在不同"本地"的深度之间，就是一句空话，甚至一种骗术。没有哪个靠"国际语"写成的大诗人。波德莱尔的精美（注意：不只是精彩），正在于他把诗歌的可怕张力，绷紧在剖析人性深渊的现代感，和讲究无比的经典

（甚至格律！）形式之间。从我最初读到陈敬容翻译的《黄昏》起，就被那层叠递进、循环往复的咏叹镇住了。这哪是诗人，分明是作曲家！要说象征（我讨厌"主义"），这里的音乐秩序，创造出了诗歌和世界间根本的象征关系。回头看中文诗，三千年的持续转型，不都在这个根本象征之内？我们继续在创作文本，并从文本的海拔上归纳世界。

北塔：艾略特曾经告诫诗人要"逃避个性"，您却一直致力于创建"个体诗学"，这是否是浪漫主义情结的回潮？

杨炼：又是"主义"！对不起，我压根不认为中文诗和欧洲线性的文学"进化论"有任何关系，因此，不知道、也不在乎"回"什么潮。艾略特在张扬"逃避个性"时，还有哗众取宠之嫌。今天，谁能否认《荒原》、《四个四重奏》，不是太"艾略特"的？仍是艾略特自己说得清楚：不是要感性还是要理性，而是何时要感性、何时要理性？我说过，一个当代中文诗人，必须是个大思想家，因为我们面对的是一堆传统、历史、现实、文化、语言的碎片，甚至字的层次和词的层次都是分裂的，除了试图把自己变成一个良性文化杂交的案例，别无他途。没办法，"诗学"是诗人思想家的方向。而"个体"呢？既是自觉，也是无奈。

北塔：1990年代末，一位诗友曾经转赠我您的《大海停止之处》。"大海"有何象征含义？"停止"又意味着什么？

杨炼：大海无处停止。是"诗"在自己的空间里，缔造出它的停止。

北塔：您以前的诗歌注重深度象征、繁复语汇与原始冲动。我还没有读到您去年在国内出版的自传性长诗《叙事诗》，也鲜见有关评论。单从数目上看，似乎朴素到了极点；这是否意味着您现在的写作风格与以前分道扬镳了？

杨炼：我只能说，《叙事诗》是我三十余年来思想、艺术的集大成之作。其余空谈，可憎无聊。你读诗吧。

北塔：您是《今天》杂志的"老人"之一，能否谈谈今、昔《今天》的差异及其原因？

杨炼：当年《今天》重要，在于它是起点。但同时它也危险，在于那些幼稚之作，也是许多诗歌生命的终点。我珍视当年我们的真诚，那至少有"人"的价值。但频频告诫自己，那名声更多是基于当时中国文学水平的低幼，真正该拼的是后劲、耐力。今天的《今天》？对不起，恰是当年缺陷的延续。不看也罢。

北塔：我这些年在做关于中国现代诗歌的英文翻译的学术研究，您和英国诗人威廉·赫伯特（William N Herbert）正编选一本全新的英译当代中文诗选。我很期待这部书。能否介绍一下有关的缘起和进展。

杨炼：我也很期待它！编辑这部诗选的初衷很简单：当代中文诗写了三十多年，在世界上也出了不少诗选，却没有任何一部能（哪怕部分地）呈现我们的思想深度和创造能量。究其病因，在于编者和译者们第一自身没有思想，抓不住要点。第二急功近利、喜欢走捷径。结果，大路货的"编选"，粗糙肤浅的"译诗"，唯一起了败坏当代中文诗声誉的作用。国外读者只能扔下它们，同时扔下和李白、杜甫相关的一厢情愿的联想。我们这部名称为《玉梯》的诗选，则与此相反。它的立意，在于达成中英诗人间的深度交流，在思想上和语言上，必须传达出当代中国文化转型的特征：观念性和实验性。三十多年来，我一直是中文诗写作的"内在者"，加上另一位七零后共同编者秦晓宇，这部诗选其实在描绘一张"文革"以来的中国"思想地图"。它堪称"极端"之书。其"极端"性，第一在于选诗标准：中文古典的形式主义传统在背后参照，世界诗歌杰作在面前衡量，入选之诗，必须在思想、美学上不被压垮，而那些靠诗外原因走红的一时"名作"，一概不收。第二，诗选结构也与标准吻合：不把作品在诗人名下简单罗列，而是把不同诗体分为六部分：抒情诗、叙事诗、组诗、新古典诗（一种中国诗人的独特"梦魇"？）、实验诗、长诗。一位诗人有多少侧面，每个侧面质量如何，一目了然。什么叫"大诗人"？读者自会判断。第三，六种诗体的六片"风景"，每部分都由一篇秦晓宇专论此形式的文章"导游"，加上我和英国诗人威廉·赫伯特从内、外两个角度写作的两篇总序，作品和思考形成一种层层深入的互动。最后却最为关键的，是我们刻意用极端的原创，挑战极端的翻译——不是空谈诗歌的"可译"与否，而是由原作设定美学要求，不容"不可译"的可能！除了审视、挑选已有翻译佳作外，我的英文译者威廉·赫伯特翻译了《玉梯》中大量作品，我自己检验了每一行新译作的初稿，比翻译我自己的诗认真多了。部分原因，是为亡友尽心。张枣在这里是首次被全面介绍。顾城的绝笔作《鬼进城》从没被翻译过。谁知道他们的下次机会在哪？威廉·赫伯特诗、思俱佳，由他把关，亡友们更可安心。《玉梯》从三年多前动手，到现在，这部三百三十页、全英文的诗选终于已完成，英国著名的"血斧"出版社（Bloodaxe Books），将于今年四月初印出。它已定于参加今年以中国为主宾国的伦敦书展。书展组织者称之为"压舱石"，无论就哪个方面而言，我觉得这评价并不过分。

2012年1月17日

"在死亡里没有归宿"
——答问

一、你怎样开始写诗？

如果日期真有象征意义的话，我应当把开始写诗的时间定在一九七六年一月七日，我母亲在那天猝然病逝。在我插队已两年多的许多麻木的日子里，这个日期如此清晰。也许，它通过一张曾如此熟识亲近、却突然变冷变硬的家人的脸，把周围冷酷的脸、我自己回避注视的"真实"的脸聚焦了、显形了。"死亡"，首先轻易骗过了我——母亲去世的前一个下午，我们还在一同把几年来零散的照片装订成册。那是自"文革"开始以来第一个真正快乐、温暖的下午……然后，"死亡"突然撕下伪装，以母亲的不辞而别，证实一个少年在土地和人群中的孤单、陌生和恐惧；把我一直忍受的、不敢对自己承认的，粗暴地推到眼前，让我看、醒着看。它如此毫无隐晦、理所当然，几乎在一瞬间改变了我从小爱好的"写

作"的性质——彻底返回自己，成为仅仅为自己而写的"隐
私"。那些写给母亲的诗，与知识青年"扎根"、"落户"
的口号如此格格不入，以至不期而然成了我个人的"地下文
学"。二十岁，也许死亡其实是适时而来，以这么可怕的形式
给我以启示？如果一个人一生中必有若干"点"，让你不情
愿、却又无奈地洞悉什么是"命运"，那这就是一个。多年
来，我不得不多次从足以毁灭我的处境中，"反向"地汲取诗
的能量，并通过写作，使自己幸存——诗从开始已教会我：从
死亡去审视生活，并恪守写作的私人性质——这两点，是那个
噩耗传来的寒冷早晨的意义。

二、为什么你说：诗开始于不做梦的一刹那？

我在北京的小小书房里，抄下了圣·方济各的一句话：
"人，是在世界抛弃他的一刹那得救的。"年轻的时候，我是
个梦的热烈崇拜者。政治的梦、爱情的梦、文学的梦，一个接
一个。可以说，我的生活仅仅由自己对一切的幻想构成，却与
现实无关。这种情况，直到一九七六年我在母亲去世的噩耗中
醒来，且开始不是以幻想，而以现实为能量写诗的时候。

多年来，我反复强调诗的"深度"。因为我相信：诗意的
空间，应当建立在对现实的理解之内，而非之外。所谓"自
我"，除了现实中的层层折射，什么也不是。因此，"深
度"，一言以蔽之，就是追问自己的程度——给自己创造困
难的程度。我的文章说过："只有贫乏的作家，没有贫乏的现
实。"我的诗写道："现实 再次贬低诗人的疯狂。"而埃利

蒂斯甚至说："来世包含在现世之中。"现实，令一个人走投无路。那么，只有发展"从末日开始"的能力。像圣·方济各说的：人，被（人的）世界抛弃，于是得救。当我们把手伸进现实更黑暗的深处，用语言超越已有的"语言"，于是有诗。

我不喜欢谈论梦，还因为，梦常常是人类自欺、且欺人的一种方式。除了可以原谅的怯懦，"梦"被到处销售，因为它市场广大。不仅一个人能由此轻易解脱困境，就是一种文化也同样：东方、西方各自做梦，也互相梦见，都曾以为得救之途在草更绿的彼岸。这儿，梦简直是实用的。直到你醒来时发现自己又一次被嘲弄。不，我不信任这样的"得救"方式，一如我听过太多梦的摊贩在讨价还价。我的诗存在于"此时此地"，而"此时此地/无所不在"（《𩥅·火第八》）。

三、你说过：一首诗，用什么语言写下有什么关系；你又说：如果剩下最后一个用中文写作的诗人，那就是我——这前后两种说法不矛盾吗？

对我来说，它们不矛盾因为它们正是由此向彼递进的层次：首先，诗之为诗，在处理一切具体的题材、表现任何所谓"主题"之前，它必须面对一个最深的题材：语言。什么是语言在"过去"积淀的限制，以及"这首诗"超越限制的企图。归根结底，拓宽语言的领域，从而敞开感觉和思想的可能——这是"诗"古往今来不变的唯一主题。具体而言，其他文类（小说、戏剧、大部分散文等）可以仅仅"使用"语言，但诗不行，它必须"创造"语言。它的生命力全在于与现成语言间自觉拉开的距离，所谓"陌生化"，所谓"震慑效果"。因此，"诗"之本义，不仅对一切语言和文学始终如一，且我甚至认为：它并非诸多文学体裁之一，它是完全不同的一种思维方式，象征着语言生命的源头。与此相比，一个诗人此生偶然使用的语言，只是诗之"大道"现身的万象之一。

其次的观点亦由此而来：大道无形，显形的却是这一粒沙、这一滴水。我已命中注定，不是生于英语或德语或别的什么语之内，而是中文之内。诗之道，只有经过我，敞开于中文。倘若"语言是我们的命运"（见我的散文集《鬼话》），那第一步是"接受"；第二步就是"挥霍"——把诗意在中文之内挥霍到极致。我在中国时就全力以赴写作组诗：《礼魂》、《𝌆》；出国后一如继往：《大海停止之处》、《同心圆》，动辄一写数月、数年，别人讥之为"文学自杀"，孰不知只有在这种"自绝于"实用可能的状况下，语言的发挥可以抵达极度的快感。当然，这也就在中文之路上走得太远了，以至我不能想象：如何在别的语言里，再造那个从大众口语到诗之间恍若隔世的距离。我不知道：我是不是"热爱"中文——这被称为"母语"的？还是写诗本身，即对"母语"压抑的一种抗拒？抗拒，而又走投无路。这"超越"，就等于"沉沦"了吧？但诗从根本上就不是"我要"，而是"我不得不"——不得不写，直到肉体和"我的"语言同归于尽。

四、为什么屈原是你最喜欢的诗人？

读屈原的诗，你会有一种注视星空的印象。你可以无穷地注视，渐渐感到自己逾越了皮肤，把星空包涵于体内。"屈原"，与一个人的名字和经历无关，他本身只是一种宏伟的精神现象。他的《天问》，是以问题"回答"问题——但他的提问何其包罗万象？！屈原的诗不是"史诗"，他那些结构深邃精密的长诗，其意识比"史诗"高级得多——渗透了中文（汉语）方块字内涵的独特时间意识：建构一个诗的空间，囊括（倘若你愿意，也可以用"取消"）全部时间——《天问》：自宇宙初创问起，而神话，而历史，而现实，而诗人自己。我们还有什么问题，能逃出这个质疑的宇宙？更可怕的是：他甚至不屑于给一个答案！《离骚》：那条"求索"之路，从现实，经历史、经神话世界、经骤然回返现世，直至栖止于大自然（"吾将从彭咸之所居"）。这是不是一个永远轮回的人类精神结构？且不说他为每一首长诗"发明"一个特定的形式时，和语言搏斗的惨烈罢。

当人们称屈原"爱国的"诗人，我真为他感到羞辱；"反抗的"诗人呢？纯然是贬低——我认为：没有一种简单的社会主题，或民族感情，能"供养"得起这样一种灿烂的才华！他是，一个诗人和一种语言命定相遇的奇迹。一个反证是：他的诗拒绝追随者。且不说柳宗元可怜的《天对》（一"问"一"答"，境界高下已经毕现），连李白、杜甫，也只像屈诗群山中一道飞瀑、一株孤松，美则美矣，在"境界"二字上仍不可望其项背。屈原诗的真正"知音"应当是但丁，另一位以个人"归纳"世界者。但如果考虑到但丁《神曲》所借用的宗教神话结构，说屈原迄今仍痛苦地孤独着，并不过分。

五、你如何看待屈原的自杀？

这个问题没有意义。我根本否认屈原自杀过，在关于他传记的全部传说中，唯有"灵均"一号是我认可的。屈原的"离开"，远远不是终结，仅仅是另一个开始：在另一层次"灵"的现实里。所以，对于这个世界，他不知所终。投江等等，纯属后人可怜的想象与附会——诗"派生"现实的又一例证。在形而上的层次，屈原已通过他的诗，加倍完成了"死亡"——他用每一首长诗"完成"自己一次，然后重新开始——他的文字逾越了生、死的世俗边界。因此，他离开的只是他自己的名字，同时用"无名"的方式，施行一次侵占：把我们都变成了他的诗的未亡人。在写作上，尽管我极不自信，仍愿意以他为一位精神父亲。我的作品，例如《￠》和《同心圆》，我都设想他会如何去看待、去评价。就每个诗人都有的精神血缘而言，屈原是我的来历和"出处"。也因此——挟两千五百年的时间跨度之名——我以为：自杀，对于一位诗人，是太不够极端的行为了，除非他从未经历过完成一部沥血之作后那种彻底虚脱空旷的状态。诗，对灵魂和肉体的持久折磨、"明知故犯"，使自杀的"瞬间痛苦"黯然失色。不，死亡是一件深思熟虑的事情。相比之下，自杀只是一个轻浮的动作。屈原——诗的化身——抵达的高度，是一种"肯定",而非通过杀死自己表达对环境的"否定"。不，不，屈原离开了，因为他已完成了。"阴阳三合，何本何化？"——他的诗已说明了一切。

六、为什么你强调"诗的自觉"？

T. S. 艾略特在谈到大、小诗人的区别时说过："大诗人只有在你读完他的全部作品之后，才知道他是一个什么样的诗人。而小诗人，只要读他选集中的三首诗就够了。"我仍然认为，这是了解诗人质地的一个聪明的办法。

当代中文诗，起源于一句大白话："用自己的语言表达自己的感觉。"从"文革""地下诗歌"起，诗仿佛已先天归属于、或找到了这个"自由的传统"。这是不是诗的本质使然？一九八六年，当我完成《￼》的第二部《与死亡对称》，我写了文章《诗的自觉》，其中强调不应再仅仅纠缠于"诗之外"的因素——政治或社会的"群体"化的痛苦宣泄，有个性特征的"题材"却没有个性的语言和表述方式等等——而应深入"诗之内"的问题。也就是说，诗人的反抗，必须抵达诗的深度和品位。而"自觉"，就是主动"寻求困境"：寻求更深一层次的语言表现。是"语言"，构成了诗人的现实——其中集合了来自时间、传统、历史、当代社会以至美学规范的压力，因此，写出一首不重复自己的新作，就掘到了上述种种之"根"。这儿，"表现"和"表意"完全是同一件事。对于我自己，一旦我觉得某类形式已写得太"顺手"（写"滑"了），我就得"叫停"，哪怕忍受一段长长的空白，不如此则无法彻底脱胎换骨。我不想写那种仅仅更换题目的"同一首诗"，那些"可有可无之作"。

进一步说，"诗的自觉"就是要求诗人不断打破自己的平衡：语言和"自我"、形式和内涵、即定与可能等等。当每一部作品都尽力而为（我说：当作"最后一部作品"来写），而作品与作品间拉开了尽可能大的距离，若干时间后，你就看出了自己的"航速"。归根结底，不是诗人，而是诗的苛求：你得用生命建立一个又一个精美绝伦的"曼荼罗"（Mandala），再毫无痛惜地将其毁掉。"在"与"空"，就这样揭示一种本质；而"深"与"新"，一定相得益彰。东方与西方、顺境与逆境，都是诗的材料和能量——自觉，使你永远在"形成"你自己。

七、请谈谈应DAAD之邀在柏林创作一年的感受。

我从到达柏林的第一天，就觉得这座城市不陌生。它又长又黑又冷的冬夜，下午四点就暮色茫茫的黄昏，它的雪，雪中冻红的树枝，大大小小点缀在街区中的墓地，街名中我耳熟能详的德国文人的名字……不知怎么，常常让我想起北京。柏林是那种充满了"历史"又仿佛没有时间的城市。它处在自上个世纪末欧洲所有重大变故的中心：两次大战，东、西方"冷战"，柏林墙倒塌，东欧变革……以至，楼房上的累累弹痕已离开了特定的时间，成了"抽象的"——一种"处境"的说明。全部死亡与复活的故事，都不在我之外，而发生在我里面。这让我想到我的第一首诗《自白——给圆明园废墟》。我在柏林住过的一九九一年，是我在国外喘息方定，第一次能定下神，看看"西方"是怎么回事？我自己今天的"现实"是怎么回事的一年。我完成的两本书：短诗集《无人称》和散文集《鬼话》，清楚表达了我当时的困惑。这两本书的形式：我第一次集中采用的"短诗"以及我一厢情愿地认为继承先秦散文传统的"散文"（从纯虚构到纯事实的一切材料，被完全独特的节奏和结构组合成的、纯粹的"文学创作"），与我力图摸到、抓住我里面那个混乱动荡的"现实"之目的相一致。从《冬日花园》描写物，那阵柏林动物园冬夜里山羊们酷似婴儿的嚎哭，到《抽象的游记》中那棵一直站在我窗口的树，柏林，帮我成为我自己和"现在"的考古学家。同时在纸上，成为一座新建的丑陋水泥城市和一座已被毁灭的美丽古塔。

八、在西方，如何继续你的中文写作？你也经历了一个转折吗？

我的写作，以"出国"为界，确有变化。但不止是环境影响所致，更来自"诗"之内在要求——来自我前述的"自觉"。一九八八年，我应邀访问澳大利亚和新西兰，正值刚刚完成《￼》的初稿，这部写作五年的长诗，集中了我当时全部对语言、自我、社会、历史、传统以至自然的思考。或者说，我作为"中国的诗人"可能表达的一切。那时，我虽不知下一部作品应当是什么，但肯定知道它"不是"什么——不是重复已经做过的。这样，当我背着帐篷、坐在长途汽车上环游澳大利亚，而陆陆续续在笔记本上记下一些三、四、五行的短而又短的句子时，我已听到了一部新作的节奏。它就是一九八九年初完成的六十首六行短诗《面具与鳄鱼》。自那之后，短诗集《无人称》（1986—1991）；短诗集《大海停止之处》包括组诗《大海停止之处》（1992—1993）；散文集《鬼话》（1990—1994）；长诗《同心圆》（1994—1997），都经过了这个类似的"培育"过程：以对形式的焦虑和兴趣，刺激探索"黑暗极限"的欲望。也许由于诗之"境界"的启示，也许，由于我从来就受不了让诗"依附"于太粗糙单调的社会现象，我的诗在中国时就自觉保持——甚至拉开与表面生活的距离。这距离感，也依然保护我不至于被突然滞留国外的物质、精神压力所击垮。尽管周围的生活浸透在外语中，但当它进入我的身体，就像葡萄进入了木桶。我用中文诗表达对人的"处境"的感受，并不降低酿成之后一滴酒的芳香和浓度。我不能理解那些抱怨到西方后发现"西方不是天堂"而失主、甚至搁笔的"诗人"。这类肤浅的梦想，在我"文革"插队时已一劳永逸地结束了。反而我觉得，西方出版中文作品的困难，以及物质条件的逼人，更让我清晰了我的诗的私人性质——从我母亲去世时就已悟出的——我写，纯然是出于一己之需。一件奢侈品，如此而已。这实际上也保证了我仅以自我表达为目的，可以尽我所能的自由和彻底。当我如此做了，就又看出其实大多数西方人也同样活得单调而平庸。西方的"成功"也无非市场的权力游戏。"成为你自己"，仍是最初的、也是至高的追求目标。那么，一个转折？不，一个继续。

九、是什么原因使你不停谈到死亡？

我在一封信里写到："世界上还有哪个民族比中国人更熟悉死亡吗？"……"每个人只有一次生，却有无数次死。五千年下来，死神真是大丰收了。"我的《鬼·与死亡对称》有一节："把手伸进这土里　摸鼻孔　嘴　生殖器/折断的脖子　浮肿的脚/把手伸进土摸死亡"。站在秦始皇兵马俑坑边上，我觉得：这只是黄土掀开的小小一角，却暴露出那个其实近在咫尺的、逼人的世界。"死亡"的世界。而黄土，是不是我们这皮肤、这躯体的象征？在散文《日蚀》中，我写下这句话："别人说你写死亡。你自己知道，你是在写生命。或什么也没写，只活着……"是的，活——每一次呼吸的潜台词，就是死亡。生命，无论多么喧嚣忙碌，它每时每刻指向一个主题：死亡。甚至"死亡"本身，当它被我们的恐惧与无奈，刻意推迟成似乎是生命最后一刹那的事；并因为"反正"人均一份，被推卸成"普遍的"，它是否已构成了从生命内部观察生命的一个视角、一种思想？我在新作《同心圆》中甚至直接写下："毁灭是我们的知识"——人总是从毁灭中学习该怎样活着的。那么，死亡就不仅仅是生命的反面。它可能是生命的更高境界。犹如一把黄土中的石英和水晶，我们觉得"从末日开始"，透视生命被涤净种种铅华之后的样子。"是"——这唯一的原因——"死亡那类似母亲的眼睛/薰香了树木"（《鬼魂的形式》）。

十、什么是你所谓"死亡的形而上学"？

"死亡"，不是外在的事实，而是内在的能力。我是说：生命借助于对自己的背叛，才脚踏实地地返回。据此，人必须经历三重死亡的境界：一、恐惧——我不是死者，我没有死；二、认同——我是死者，我死了；三、追求——我还不配成为死者，我还没能力去死。三重境界层层轮回于"现在"，使"现在是最遥远的"（《大海停止之处》）。生活，成为一件被死亡的意识精美雕琢的作品。

我不得不说，我使用的语言——中文——是建构诗的死亡形而上学的绝佳材料："死亡"脱下无数张脸的面具，揭示出"无人"——想想中文省略了主语后，仅靠"语境"就明白易懂的句子；"死亡"拆除了名字与名字之间的小小栅栏，暴露出"无名"——想想中文的人称变换、甚至无人称，而动词形式一成不变；"死亡"把人类解脱出对时间之墙的大恐怖，使死者越入"无限"——想想一个中文句式如何在时态变幻中一动不动……与欧洲语法的抓住"具体"不同，中文，写下就是抽象。"月出惊山鸟"，一个抽象——哪座山？什么鸟？它仅仅写出了"处境"。而"处境"之外，已巨细靡遗。用中文，你已不得不在"死亡的高度"上写诗。

当我称我的诗"死亡的形而上学"，我指：那贯穿生命与语言的同一追求——存在，浓缩成两个词："消失"和"思想"。在最新的长诗《同心圆》中，我从"消失或思想　同一方向"，延伸到"消失就是思想"——向现实深处"形而下下"挖掘的努力，一再形而上的与世界分享一个临界点。

一行诗，就是我们存在过、消失过、思考过的见证。生命，在"死亡形而上学"中，方显美丽——一种最后、但根本的价值。

十一、为什么对你来说，死亡是整个生存的中心？

我在《重合的孤独》一文中写过："人在行为上毫无选择时，精神上却可能获得最彻底的自由"，"人充分地表达自身必须以无所期待为前提"——这里，我其实强调的是："彻底的困境"。不止是被动的、被强加的，更是主动的、去寻求的。甚至，去创造的——一种理解人类"必然"命运的能力。如果说，"东方"一词曾给过我启示的话，那这启示就是三个字："不，可，能。"所有路都被人走过。所有话都已经说过。一代代人，除了面孔、名字的更替，只是一个匿名的隐身人，或"处境"一词的连续变形。那"自我"是什么？昨天、今天、明天这些虚构的时间之墙背后还能有什么"未知"？甚至对命运抱有"不可知"的一线朦胧也是浅薄轻浮的。我多次谈到，真正慑服我的只有中文的"知道"一词："道"都知了，还有什么解脱的可能？一具肉体，只是一只被死亡上紧了发条的钟表。也因此，东方的思维模式，与西欧逻辑的、分析的直线截然不同，它是环环相套的"同心圆"。犹如中医对人体的认识：一只耳朵是整张脸的模型；一张脸是全身的模型；而全身则是天地宇宙的模型。所谓"牵一发动全身"；所以《易经》中一爻变、六十四卦三百八十四爻皆变——"同心圆"中，诸圆同"道"；"同心圆"外，无道无圆。这么说是不是玄了？我的一位经历过在中国，也经历过在西方生活的朋友说："我相信人类是有末日的。"他抓到底牌了。我们怎么能在"知道"的大彻大悟后，还能坚持活在无望中？怎能双目盯视那盏熊熊燃烧的"黑光灯"，而不被其灼瞎？每天，数着死亡迫近的脚步声？——对我而言，只有诗，在锻造一个句子的火光四射的一刹那，可以让我超越这肉体的恐惧，坦然地、甚至愉悦地面对：生即死；因为，语言的创造，使"这个生命"短暂地辨认出了自己。它无愧于命定的毁灭：死亦生。

十二、为什么你说：没有天堂，我们只能反抗每一个地狱？

"彻底困境"已预先排除了天堂或来世。"对岸"的草仍是脚下的草，它永远不会更绿一些。作为中国人，我很难切实信服一个建立于"天主"神圣审判之上的天堂。我不知道，信奉一个被规定的道德观，归根结底是否是道德的？但，我必须承认，当我读到但丁的诗："我没想到死亡毁了这么多人"，我被深深震撼了。早在读到罗伯特·洛厄尔的诗之前很久，我已在《敦煌·命运》一诗中写下："这地狱就是我们自己"。对我来说："地狱"，就是"处境"的同义词。它从未存在于我们之外，仅仅在我们之内——像个预先作出的判决：我们只能把它带在身上。而那被称为"生活"的形形色色，无一不是那只看不见的手摆下的道具："祖国"——压缩个人价值的最小公分母："母语"——面对无法沟通的"同

胞"难道不加倍陌生？"西方"——系统化的物质进行着系统
化的统治；连"大自然"——也早已令屈原和陶潜绝望，被人
类的贪婪组织成度假村和游艺场；不用说早已"世界大同"的
制度化的平庸与恶俗品味了吧……"地狱"，倘若有，那最初
和最后的一个只能是我们自己。我不能说：世界是肮脏的，
只有我保持了清白；周围都是罪恶，唯独我无辜——如此标
榜，一定是谎言。甚至更可悲：有另一种"真实"：谁说谎不
是为了某个秘而不宣的实用目的？所以，"反抗地狱"，意即
"反抗自己"——为此，你必须摸索，探索自己内部那"黑暗
的极限"：那地狱之"根"。并坚持说出——瓦解那个沉默巫
术的法力。在一个反面的意义上，我们——每一个人，在不
同环境中，说着不同的语言——仍在建造一座毁灭的知识的
巴比伦塔。而一个合格的魔鬼，必须"用眼底不变的午夜哺
乳"，坚持否定一条"天堂"的捷径："再被古老的背叛所感
动"（《CAPELLA塔》）。

十三、为什么——"在死亡里没有归宿"？

死亡无所不在。刚刚落在伦敦的一场大雪，令四野茫
茫，像死者投向这个世界的目光。一九九三年，当我告诉一个
朋友，我刚刚完成一个组诗，题为《大海停止之处》。她第
一个反应是："不可能。大海从不停止！""这就对了"，我
说："所以'停止'并非发生于某个地点。它是我们精神里的
一个层次"。与此同理，我所谈及的"归宿"，当然不只限于
生命的终结。既然精神上死亡的威胁时刻存在，怎样"活"下

去？写下去？——"幸存"下去？就是一个始终迫在眉睫的课题。其实，没有什么比"写诗"本身更好的比喻了：诗人是先天的漂泊者——在纸上。从一行到下一行、一首诗到另一首、一部诗集到又一部。哪儿是终点？他什么时候可以掷笔长叹："这就是我要的！"对"思想"而言，"消失"永远是不够的（"存在没有下限"）——《同心圆》；而"消失"，又开始于每个"思想"诞生之时。以至，肉体的死亡，也无力终止这个存在于浩浩宇宙之间的精神洪流——我们不是都在继续前人的奋斗和苦恼？如果说：洞悉了生命的奥秘的每一个智者，也就是拥有毁灭的知识的"死者"。那么，我宁肯折断这条人为铸造的过去、现在、未来之链，而看着"此刻"和"我们"，成为自前、后双向流来的两条大河的汇合之点。"归宿"，在我们身上。而我们把自己打开成为了一条甬道，一个异乡，一双眼睛，认出那被误称为"落日"的、其实恒是正午——鬼魂，只是从接受死亡的一刹那才开始了他的旅程。像那个海岸悬崖上，有人看见自己在扬帆出海——永远刚刚出海，刚刚起源：在自己的目光中，漂着。

"再被古老的背叛所感动"
——关于诗的虚拟谈话

一、诗，取消时间

我准备首先提出的看法，与文学（诗）中的"时间"概念有关。当我在西方国家朗诵我的作品，总会被问到一些问题，诸如："读中国人写的诗，常给人一种表现主义或超现实主义的感觉，是不是中国也曾流行过这些文学思潮？"或者更直接些："中文当代诗的西方译文，常有种表现主义的味道，但那种语言在西方标志着二十世纪二三十年代，早已过时了……"对于西方的诗人与读者，"中国诗"的定义，没有超出当年庞德等人提倡的"意象主义"的阶段。意象，即合"境"（语言形象）与"意"（抽象意念）于一体，让抽象感情静静呈现于具体语象之中。但，它们为什么能互相融合？为什么不同层次的感觉可以在一个句子中同时呈现？为什么越具体的词（名词），通过特殊组合，越能传达出某种不可捉摸的诗意？等等，却很少有人去追问，以至于中文诗，除了西方二十世纪初为廓清十九世纪末浪漫主义空洞抒情而有所借鉴外，并未对当代文学产生什么影响。而中国当代的诗人，也大多在庞德划定的圈子内作些"意象加减乘除"的练习，"知其然，而不知其所以然"……那么，在这里，我想先提出一个观点，而把论证放在后面：中文诗的核心意识，是标明了一种与西方诗——文学截然不同的时间意识——具体而言，西方文学是通过建立自己的语言形式，"争夺属于自己的时间"；而中文则相反，建立自己的语言形式，是为了"取消时间"，我想说：撕去时间幻象！在西方，一个诗人建立一种风格、发起一个流派甚至运动，是要在文学、艺术史上创立一个以自己语言为标志的阶段。以代表潮流，甚至"未来"的方向。这里最重要的，是不可与别的阶段相重复，否则就有消失的危险。于是，一种语言类型总是与一个特定时间相关连：浪漫主义，十九世纪；意象主义，英国，二十世纪初；表现主义、超现实主义，二十世纪二三十年代……时间、语言、自我，几乎是同一个涵义；而在中国，我们却看到完全不同的情况：中国古诗中的诸多形式，如古风，四言、五言、七言的绝、律以及词牌等等，都可以延用成百、上千年。对中国诗人，这并不构成一个问题——因为"千年"和一首诗没有关系，有关的只是生存、诗人以及这首诗的语言之间，一个不变的三角形。诗人写出自己的风格，并通过这风格与所有其他的诗人构成联系，这就够了。至于这首诗写在唐代、宋代、明清，还是现在，没有关系。我甚至认为：诗人（特别在中国）写作的一个潜意识冲动，是通过诗中的"非时间"，加倍反衬出自己生存于时间之内的有限。那么，从具体经验（个人的、此刻的）到一首诗（语言的、普遍的）的过程，所实现的正是诗人对自身的超越。诗，抛弃了表面的"个人"，于是触及了"人的处境"。而这，也正是文学存在的根本意义。

时间问题，是人对存在的意识。在比较西方与中国文学中不同的时间意识时，我感到：某种意义上，我们面对的是同一种感受，却在不同的语言、思维方式和文化中，选取了不同的应对方式。西方，如艾略特所说：大约每二十年就有新的一"代"文学，从经验、到文学意识、文学语言、以至词汇，判然有别——是否可以称为：用强调"自己的"时间，来展示时间本质地不属于自己？你抓得最紧的，正是你唯恐（或知道定将）失去的；而在中国，我们的祖先把对"时间"的彻悟，置于一切思考之首：每个活在时间中的人，都注定只是漂浮在那条乌有之河上的一块面具。由此出发，中文的诗歌形式，总是一种我称之为"从末日开始"的东西，因为"末日"不在未来，而在过去。写作，从一开始就是一种经历过、看透了死亡的鬼魂。是否正因为如此，我们不愿、或不敢去看透的生命，才恰恰不可回避地暴露无遗了？中文的诗歌形式，从文字本身开始，取消了与特定时间状态的关系，于是成为一种独立之物。独立于"这个"时刻，因为它处于"每个"时刻——时间的幻象植根于人之存在的幻象。那么，什么诗不是"过时"的，如果有人比你写的更早、也更好？什么诗不是"当下"的，如果千年以来，人们仍能被你的一个句子感动，并经由它，发现了那贯穿无数名字、面孔、躯体与经历的同一个命运？

所有的诗都是"现在"的，这是一个普遍现象。

从中国诗歌传统来说，我以为，这也是我们所接受的一个最古老、最深刻的启示。对于我，自从七十年代开始写作以来，一直有意识或无意识地感到它的影响。有时，它与对现实生存的体验如此一致，以至我不得不认为：是诗在"揭露"生存本身。回到诗歌意识和诗歌语言上，我觉得，古代的作者们，面对唐诗、宋词、元曲等等，并没有一种根据"时间"先后定出的价值判断标准，他们不会由于那是"过去的"（或主要流行于过去的）形式就加以贬低，甚至摒弃。对他们而言，作品，不意味一个朝代，而意味一个风格。任何风格都可以与自己直接比较，直到整个"传统"构成一个整体。我常常在一些地方提到"屈原"——特别是从"结构"的角度讨论他的《天问》和《离骚》给我的影响——因为屈原的诗，与他是个什么样的人，有什么经历，或甚至有无其人都没有关系。他和我的诗互相参照，已在中国——中文诗歌传统中形成了一个有趣、甚至有机的现象。当诗撕去了时间幻象，所有用这种文字写成的作品就组成了一个多层次的空间结构。它是完整的，因为每个作者不可避免地都是其中一部分，并经受其考量；它又是开放的，随时准备容纳任何新的可能性。只有相对于这个整体，才能谈论一个诗人写作的意义或无意义。

一定，一个诗人、艺术家本质地不相信群体或潮流——就是说，他应当本质地不信任"新"是一种价值。但从近代起，在中国，西方科技的成功，也验证了西方思维方式对中国传统思维方式的胜利。"进化论"在历史、社会、哲学上的影响，经由对自然演变的解释，形成了所谓"历史主义"——人类总是从低级向高级社会阶段发展，如资本主义、社会主义、共产主义……谁站在这个时间序列上"未来"的位置，谁就是逻辑上必然的胜利者。于是，"旧"等于"过去"，等于传统；而"新"等于"现在"，等于现代。在中国与西方这两个地域概念之上，又附加了"昨天"与"今天"的时间概念。于是，本来以"取消时间"为特征的中国诗，也不得不"洗心革面"，加入西方式的时间神话。八十年代以来，"新"诗潮迭起，"新"诗派林立，"新"宣言与试验之蔚为大观，正与五十年代以来政治范畴内口号的发明形成荒诞的呼应……也许，在这样的背景下，重提中国诗歌"取消时间"的意识，正代表了对我们自己的另一次深层反思。

再引申一下这个命题，我会说："取消时间"这一意识，源于东方（中国）又不限于东方，它必须成为人类思维的有机层次。首先，当我说它"源于东方（中国）"，是在强调，中国文字与文化，自成一体的事实存在。特别在如今西方——西欧文化占明显主流的世界上，它仍在提供一种（如果不是唯一一种）历史悠久、方式独特的异样思维，并以其足够的文本作品作为依据。我得说，其文化意识得以保持，与中国语言的特质极有关系。如果对中文的内在结构进行分析，可以说，"取消时间"正是中文文字本身的特征。或者说，时间在中文诗中被"取消"，正由于它在中文文字中能够被取消——我是指中文文字中，动词的非时态化。例如"看",现在看、过去看、未来看,"看"本身没有变化。于是,从一个人具体地"看"(我正在看这本书),到写下这个"看"的动作,写作本身成为一个过程:在具体的时间之内揭示出一个"非时间的层次"。倘若把"看"换成"死",一个人的"死",在此刻"死",就是所有人在到处死,古往今来无穷无尽,却又同一无二的"死"。是不是一种深刻?暴露出人本来的宿命。这个"非时间的层次",潜意识地支撑诗人,在面对日月四季、生老病死等大自然中的"时间"证据时,保持一个在文字与文学意识中的独立,使诗人不盲从于一种表面的"外在事实"。而诗,不是抹杀,恰恰是强调人对外在事物的"再发现"——一种深度,一种距离。除了动词的非时态化——超越具体时间之外,中文的其他特质也很重要。如相对自由的人称关系,使"谁"并非关键,关键在于谁"怎样了"?只有成为"人的处境",某个人才终于有了意义——以看起来被忽略的方式被表达;如词性不定,如自由语序,一种由人们常识掌握的意象化思维,但不如此中文何来"对仗"、"骈文"等的视觉与节奏之美?你试试用西方语法分析一下古诗中的对仗句式?我前边说过的"意象",如果与绝、律、骈、散、词、曲、赋……诸多漫长创作中渐渐形成的形式合观,则可以说有一种"母语程式"在。每个诗人的风格代入其间,如一种文学意义上"轮回"的宿命观。我们都来到了这里,但"这里"却删掉了我们。另一面:"取消时间"这一意识,又不限于东西。取消了具体的时间,你就同时在时间的不同点上,或你就是无数在不同位置上的其他的你。记得西方现代绘画的起源吗?塞尚画了一个罐子，罐子的上口和下口，同时可见，俯视与仰视"同时"出现于一块画布上！也许只是一个偶然的玩笑甚至疏忽，塞尚却彻底改变了绘画的命运——一个人不一定只有一个固定视角，他可以同时在不同点观察事物！再想想马塞尔·普鲁斯特的《追忆逝水年华》，以时间逻辑清晰著称的法语，却要随作家之意，在过去与现在间任意跳跃，甚至穿插于一个句子之中。若是中文也能将原著的时态上的难度译出（例如，用不同颜色的字体印刷不同时态的句子），我们将读到多么"绚烂"的一部作品！我想：虽然中国的读者都知道《追忆逝水年华》的主题是"时间"，他们却不一定了解：这主题并不在对"时间"的讨论里。"时间"，正是在充满时间的语言句式之内，展示它自己！而突破西方语言的逻辑化固定语法，表达"多时间"或"非时间"的存在，又是西方自现代文学创始以来，已折磨诗人和作家们数十年的命题。这里是不是有一个临界点：在中国古典诗观与西方当代文学探索之间？在今天，面对二十世纪主流的西方文化，重提中文文字与诗歌内在的"取消时间"，不是为了向回看——靠卖古董吓唬别人，而是要把它置于整个人类当代文化的大背景，思考它是否仍具有什么意义。如果有，则也是它本身的幸运：在一个它从未面对过的广阔思想舞台上再生。

中国传统绘画是另一个绝佳的例子。它的关键，并不在于划分"焦点"、或"散点"透视的固定区别，而在于：不拘于一种僵硬的"规定性关系"。就是说，根据不同的状况，艺术观念也是"可变"的。中国古代绘画中，并不乏"近大远小"，只要有某个条件、有相当的距离。当"焦点"成为"散点"的诸多视角之一（而非唯一），甚至可以说：一幅绘画已成了"绝对的"——它包涵了各个视角上的观察。它不停地解构又在结构：谁拥有"变"的能力，谁就实际上敞开了自己。这比按一个僵硬固定的逻辑，推理至一切，更接近大自然本身。本来，西方"科学"观念是以"自然"作为自己的论据的。它也确实曾在某种条件下符合观察到的事实，但一种角度一旦被固定，就正走到了初衷的反面——成了一种"人为"的主观产物，而背离了大自然"变化"的特征。我非常欣赏中国传统绘画的"绝对意识"，中国古典诗也一样，我甚至认为：所有的诗，包括当代诗，都应当是绝对的。因为它与写作者的具体时间无关，它不附属于某个固定的"外在对象"，却必须抽离具体，达到普遍。你可以说，是一首诗包容了所有人、整个宇宙。所谓"绝对"，在我看来，不是剔除了"相对"因素之后的绝对，正是包容了无数"相对"所达到的绝对——正如从一个细胞到天地万物内部无休止的相对运动一样。人的精神视野，不得不敞开自己去接近大自然的丰富。中国绘画是一种"冥想的现实"。在冥想中，你沉入自己；自己沉入这个地点；这个地点沉入无数地点；而无数地点上无数时间都在呈现。你已远远超出了"这个"个体，这双眼睛，你不得不"发明"别的办法，来表述这种整体的情境——你的无数"自我"？所以，我又说，中国绘画，或者诗，是综合的，它不是（不仅）靠增加视角——"多"——而达致综合，更靠挖掘人的内在感受——"深"——来达致综合。任何一个人都可能包容一切人，如果你能在你之内看到/写出人的普遍处境。就像李白的送别名句"孤帆远影碧空尽，唯见长江天际流"。你说是李白送孟浩然？为什么不能是杨炼送李白、或孟浩然送杨炼？一个"处境"，已写尽了曾在、现在、或将在这个处境中的所有人。也正是缘于此点，我说：诗，是彻底的。"彻底"，在于诗通过抽离具体时间，而占有、包容了全部时间。通过抽离"某个人"，而成为了"每个人"。像一个咒语，你说："时间是幻象"，被时间曾经"隔开"的人们，就突然面面相对了。古往今来的人，都在"此刻"，这里、你自己之内，构成了你的"活着的深度"。没人能逃出"人的处境"。一首诗这样写：人的处境之外无人。那么，是不是每首诗都在把"人"再说尽一次？一次次说尽？我的《面具与鳄鱼》结尾一行："一个字已写完世界。"这真是中国古典诗观的可怕启示！

中国传统文化有一套自己的"时间观"。他们并不"否定时间"，但却否定了时间在个人身上的意义——借助时间，不足以认识足够深刻的东西。西方纪元自基督诞生始，至今一九九五年，其间的时代不可重复。但中国六十年一甲子，同样的这段时间里，你画于"丙辰秋"的一幅画，已轮回了三十余次。你在哪一次？画上的几只螃蟹，已比"丙辰秋"更深刻——它们使"丙辰秋"和你自己都成了一张画的"过客"、或幻影。正如同我在八十年代写作《半坡》或《￼》，我个人的传记式生存经验，只是这些诗的幻影。诗写出"非时间"的人的处境，而"我"、那些"我"、所有人，只在诗中轮回。"活着",是一个永远的现在时,使所有"活过"的,成为它之内的深度。从这个意义上,"彻底",因为"必然":"我"必然不止是我,而且是一切我。"超越表面的时间性",才能达到中文中最残酷的两个字——"知道"。知——"道"!作为万事万物之规律的"道"都已知了,还有什么可能性吗?在这里,甚至否定了人们常常聊以自欺的、时间之墙另一侧"未知"的可能性——那只是又一个"现在"。天道无情,永远如此。这个"知道",是英文中的"know"完全无法传译的。是的,不可能——道家就在这个意义上谈"无",佛家就在这个意义上谈"空",谈因缘寂灭,从中引申出"人生即苦","四大皆空"的虚幻人生观。而这,又是在西方文化教育中长大的人极难接受、或忍受的。如果说:"人生无意义",那接着就是:"为什么活着?"如果没有理由,你应当自杀。没有理由活而不得不活,那就是荒诞。这曾经是西方现代文学与艺术痛苦的题目。对我而言,中国文化有一种危险:它把"人生即苦"、"人生即虚幻"、"人生即谎言"作为人生的前提性认识,从那儿出发,这就推卸掉了每个人的某种人生责任,从而自然而然引出"好死不如赖活"的结论,甚至不择手段地掠取一切实用利益。不是不该更多地讨论这个"痛苦的题目",是我们正生活在这个题目的痛苦中……怎样能既拥有它的深刻,同时避免它的薄弱、以至轻浮?这大约不是向"整体"要求回答的问题。我给"卡塞尔文件展"(kassel documenta)一九九七年展写的文章标题是:"因为奥德修斯,海才开始漂流"。即把对"文化"的理解落在每一个人身上——是每个人的自觉,加倍体验到生存的虚幻；同理，这自觉，才是文化存在的能量。

　　基督教文化有一套非常完整的逻辑，其中心点，不仅是"人"，而且是"我"——整个西方哲学之核心，是不断对"我"之意义的追寻与反诘。从思想上的"我思故我在"，到宗教道德上的"至善"；因为"天国"，道德有一个方向；因为"进化"，自然有一个方向；因为"进步"，历史有一个方向——由低到高，由坏变好。直到最近苏联、东欧的演变及"冷战"的结束，使这个"历史的逻辑"遇到了危机。西欧思想界开始反省和比较：欧洲"文艺复兴"之前与"法国大革命"之后在时间意识和历史观念上的异同……中国古典文化对于我们的启示，在于始终意识到部分与整体的关系：像老子谈论自然与人类、孔子论述社会与个人，或《易经》一爻变，则六爻变；一卦变，则六十四卦的序列全变。古语说："牵一发动全身。"当代科学的术语称为"全息"——人体的全息现象，是否也对应于社会与历史？而一首诗，是不是一个精美的宇宙模式？同时，流淌于其内，成为诸多层次之一、诸多角度之一，与人、与对象永恒"互动"。于是诗，不是死寂静止，而是动态平衡。这根本的意识，也是人类古老朴素的原始经验与现代科学、唯一幸存的象形——表意语言（中文）与最新思维、诗与人之间的"临界"之点。我以为：如果说中国文化传统从古代诸文化中唯一延续至今，以至仍能与希腊——欧洲基督教文化构成参照和比较，必有其道理的话，当代诗则使我们——窥其中奥秘。

二、字与诗

　　思维的基础是语言。而中国语言的特点在其文字。比较诸如埃及象形文字、苏美尔楔形文字，它们的消亡，除外部原因外，也有其内因。也许纯然的"象形"，确会限制其表达复杂的内心？我说中国文化的存在有其道理：它一直在自己内部进行着转型，文字是个绝好的例证。我以为，中国文字并不是简单的象形文字，它是抽象化极高的表意符号。象形，不过是其外表。这么说吧：我觉得中文文字既具体又抽象，具体到你拈出一个"日"，一个"人"，让西方人如看两幅图画；但如果你把"日"与"人"互相贯穿，造成一个字 ，并说："它代表'天人合一'"，则西方人会大感不解，弄不清你所依据的是什么逻辑——于是它又极其抽象。中国的两句古诗："感时花溅泪，恨别鸟惊心"，在中国读者感觉中，形象很具体，很清晰。但在西方诗歌中，清晰的效果应来自"什么花"、或"什么鸟"——是玫瑰、百合、紫罗兰、天竺葵；还是夜莺、鸽子、百灵、秃鹫……一串令一位中国诗人感到束手束脚的名字，因为中文的诗意在"感时"与"恨别"中——这两句诗在读者头脑中已虚构出了任何花鸟。于是，中文之特点，被我称为"抽象的感觉"！它不是通过思维推理过程，而是感觉方式本身已完成了抽象。有人说，中国当代诗与中国古诗没什么关系。但只要你有机会与你的外文译者一起讨论，一定会被告之："你的诗太中国了！"最常见的问题往往是："这个句子的主语是什么？""这个动作发生在过去还是现在？""这个名词是单数还是复数？""这两个句子之间是继续还是并列的关系？"……中国文字——语言的内在特征，仍左右着我们的写作。某种意义上，与普鲁斯特一样，也许语言本身包涵的，远比我们用语言"谈论的"表达得更丰富、也更深刻，只不过大多数诗人并未意识到罢了。我们说"自觉"，就是这个意思：对自己的反省。经过八十年代"文化反思"，我们应对自己的传统持有一个比较自然的心态，弄清我们在哪儿？我们有什么？然后，才谈得到改变与创新。

一九八九年，当我历时五载、完成了以《易经》为结构的二百页长诗后，不得不用数星期去思考：一个什么样的总标题才能把如《自在者说》、《与死亡对称》这样的章节标题涵盖住？且不止涵盖，要深入另一个层次。终于，当它出现，只是一个"字"——一个"无字之字"：我杜撰的"𣄡"。说来极其简单，只是使用古代的造字法，合"日"与"人"为一，并赋予它声音与涵义："YI"；其意义为"天人合一"。但这里，古典"天人合一"的命题，已由这个字本身的构成改变了：当"人"贯穿于"日"，内在世界已不是在外在世界（大自然）之下、或之外，而是融合为一——"他"就是"它"。每一步的内在思考都同时在"发现"外在宇宙；也没有什么外向的探索不是以丰富一个人的"自我"为目的。造字，也只有到了这一层次，才成为"必要的"，否则，则为游戏。我强调：到某一地步，它"非造不可"，甚至某种意义上，"非造成这样不可"时，我们就又回到了那个语言初创的仓颉之夜："天雨粟，鬼夜哭"。一个字被"构成"的一杀刹那，已包涵了它全部"说出"的。犹如《𣄡》、"一"同音，又与"易"、"诗"谐韵——一个字囊括了全部作品的奥妙。

值得追问的是：会不会正由于中文文字的鲜明有力，反而易于使诗人失去个性，变成了"同一个"？作为划分层次之用，我杜撰了两个词："母语美学程式"与"个人美学程式"。"母语美学程式"指基于语言本身的特征，经由数千年历代诗人的摸索，而形成的一套相对"共同认可"的美学表现体系。如把中文文字的视觉和听觉美发挥到了极致的对仗、平仄，以及以此为基础的绝、律、骈文等等形式——"母语美学程式"，为每个中文诗人提供了共同背景和出发点；而"个人美学程式"，则是"这个"诗人对其语言的独特理解和表现。在当代，这意味着在自己作品中，对中文可能性的再发现。对于我，这不是"理论"的思考，而直接是触目的现实：远，只要数数历史上有多少诗人、多少诗，用相当有限的形式写更加有限的主题，就会从这可怕的比例中，体会到形式被抽离出来完美化的程度！优秀的诗人尚能与之一搏，大多数作品则被"形式"吞没——当随便什么人都能摇头晃脑来几句五、七言顺口溜，"诗"已可有可无了。近，则有自七十年代末出现的当代诗，它被称为"朦胧"，其实仅因为它对久违了的中文表现力的初步回归。可诗呢？除了从庞德那儿借来的一件"意象"外衣，还在没完没了为我们遮掩空洞、贫乏和苍白，留下了多少值得骄傲的作品？特别是，与庞德"意象主义"的原版——中文古典诗歌相比，当代诗人对自己语言的意识究竟有什么（有没有）更深、或新的发展？如果没有，与其读一首（实际上是）古典诗的美学上的劣质赝品，为什么不干脆去享受原作？"语不惊人死不休"——杜甫点出了"个人美学程式"的真正内涵——诗人最隐秘的愿望，是经由自己笔下，这语言第一次展示出如此魔力！到时候了吧，我们该问：什么样的诗才值得写下去？

似乎从中文新诗诞生起，已蕴含着某种令人担忧的因素。本来，在一个比较完整、健全的文学传统内——即使守旧如二十世纪之前的中文文学传统——新、旧形式的更替，应首先是新、旧形式的并存。随时代发展，新的缓慢赢得更多读者，旧形式则相反。但新诗在中国的产生不一样。它不是建立在追问"诗是什么"，即诗的表现功能上，而是从表意出发：表观念，表口号，并要求语言追随这个变化。正是这一点，令新诗先天不足。反观西方的现代文学，虽然也与哲学、文化史的大背景息息相关，但落到诗上，则是语言本身的演变——如意象派对名词使用率的强调，"新批评"对文本的细读和具体分析等等。我一直认为：诗，其实以"语言"为唯一的主题。诗人尝试的，是把各个层次的思考落到"语言"上，以此为能量，去触摸语言的边界。逾越。当然一首诗完成后，你总是发现边界仍在前头，所以诗人是一个悲哀的行当……但语言的领土，却由于你的开拓而广阔了。现在是这个时候，新诗要回到"诗"本身，从所用的材料中，给自己找根据，但又不可照抄古典，因为我们已经谈过："古典"也都在现在。就这么残酷，别人早已写过，又比你写的好，你就只能在比较中被淘汰……

一个直觉很重要：当代诗的"源"，一定在中文文字的可能性之内。就如诗一定在语言之内一样。比如"对仗"，就不能用西方语法来解释。对仗在两行之间，通过行与行、词与词、字与字的对称构成动态而又稳定的美。从这里可以生发出非常多的启示，从创造意象到构成结构。如果一位当代诗人做到了，他的诗就本质地延伸了中国古诗，完成了对中国文字的一次"再发现"。

回到一九八四年，我刚完成组诗《礼魂》。为了给这种诗一个"命名"，又写了文章《智力的空间》，作为代序。这个思想，至今我也仍没有放弃。从后来的《𩰚》，到在国外写的《面具与鳄鱼》、《无人称》等短诗，都在某种意义上重申这一观点。《大海停止之处》更是再次回到一个完整组诗结构……古诗"七律"的形式仍在给我们启示：它几乎是一个精微的宇宙模式。各个词，在整个框架内显示魅力与分量，而整首诗有机地构成能量与限制。我特别强调"空间"这个概念，因为我认为：它是直接从中文文字的构成方式引申出的概念。一个字的构成，实际是一个空间的构成——"非时间的空间"，一个卦、一个易经图示，然后，意象的创造，意境的形成，句式的规定，直至整首诗的结构（在我甚至到组诗的结构），都是一个字构成方式的逐级放大——因此，一个组诗——哪怕是像《𩰚》这样的长诗——本质上都是环绕一个字的细胞核构成的"同心圆"。这么说就清楚了，中文字，包涵着"结构"的启示，它从开始已经形成了一种隐喻（每个人可以对其有完全不同的理解）。而它通过词、句、对句、诗、组诗，不断扩张其"空间"的内在因素，并使每一个"结构"形成新的、更丰富的隐喻，这就是中文诗的（至少是应有的）魅力！我已发现，非常有趣的是，很有创作意识的中文作家，也都不约而同地在作品中突出"构成"的因素（有人称之为"后现代"，相当可笑），这正是作家对中文的敏感使然。而且，中文文字内这个可能性，还远远没有挖掘充分。对我而言，诗中个把漂亮意象、句子、思想，都在其次。结构，才是一部作品的根本隐喻，它沉默无声，却比一切"有声"说出的多得多。它的涵量，才是一个作家实有的涵量。

当我写《智力的空间》，我还没有思考"取消时间"的问题。而当我把它们放在一起考虑，中国文化、中国诗的"逻辑"就豁然清晰——通过建立某种空间形式，包容时间。在哲学上，是"道"之阴阳平衡；在社会上，是"礼"之三纲五常（且不作评价）；在人体解释上，是经络循环；在生命观上，是生死轮回；诗亦如此。时间，不是不在，而是被包容其内，成为一个层次，使整个结构，不是死寂静止，而是动态平衡。我们今天的问题，应当是：一、它是否仍对我们拥有启示？二、如果有，怎样"重新敞开"它？

作为诗人，除了思考汉语本来"是什么"之外，更关键的，是面对今天我们"有什么"。应当承认，今天我们使用的毕竟不是古典的单音字词，而是大大复杂化了的中文。这里，先略略清理一下"地基"是必要的。我觉得白话文迄今大约经历了三个阶段。第一阶段是以胡适等人为代表的"白话文运动"。它的特征是把口语引入书写，来改变过去以文言和单音字为基础的书写用语。它的目的，是使书写接近人们的日常感觉与思考方式——因为人们毕竟已不用"环滁皆山也"的语言想与说了——更重要的是，"白话文"的提倡者们，意识到语言是思考的媒体。语言之禁锢，正使思想凝滞。反之亦然。因此，"白话文"从一开始就不止于语言运动，而是思想运动，特别是与中国文化如何"现代化"血肉相连的思想运动。我得说，至少我自己从中获益匪浅。而今天我们文化面临的困境，大多不应简单归因（罪）于产，甚至，正标明他们提出的目标，还没实现："重新发现"一种既开放思考、又有汉字美感的现代中文，不是一代人一蹴而就的事！第二个阶段与第一个紧密相关，却为国内学者大多忽略：这就是我们今天使用的中文中，百分之四十以上的词，是二三十年代经由日文转译的西文，如我们习已为常的"民主"、"科学"、"国家"、"运动"、"时间"、"空间"、"历史"、"革命"、包括"哲学"、"宗教"、"政治"等等。设想一下，除去这些词，我们是否可能作为一个"现代人"来思想？！而这种词之微妙处，有时真令人击节叫绝。如中国古有之"时、空"，本有一种无始无终、绵延不绝的感觉，是纯中国式的。而后，加一"间"字，成为"时间"、"空间"，顿时有了界限感，有了"数量"和计算，真是堪称"点化"呢！回想英文之"time"与"space"，反而不如这个"发明"那么惊人！不过别忘了，当我们在这儿谈论"中文"，其实我们正在谈一种"译文"，我们谈到的"美感"，也许正是由二十年代的翻译家们为中文"发明"的——或强加的。那怎么办？我们是一群离"根"太远，且无路返回的迷途者。仅仅沮丧，怕是没用的。对于大陆的艺术家，我们的语言甚至还有第三个阶段，这就是一九四九年后大量的"国产"西方政治翻译语汇，包括语法与文体的影响。有人称之为"新华体"。除了当时特定政治环境外，中国人努力尝试用西方语法"注释"中文，也是一个原因：主谓宾、定状补，从句，复合句，迫使中文扭曲、碎裂，去说明一个个西方概念。可惜最后仍吃力不讨好——学中文的老外，就总是在"民主"的含义究竟是"人民是主人"还是"人民的主人"之间捉摸不定。而现在作西方文论学问的朋友们，常常满纸云烟的写了一大篇中文，却令读者完全不知所云。但若你将每个词儿换成英文，立刻全懂！因为整个语法都是外来的。"学贯中西"到这个份儿上，也是叹为观止了！说得刻薄些，现今许多人不仅不知怎么写，实在连说话都不会了。但这就是事实。我们的语言，不是本来的"汉字"，也不是纯粹的"母语"，而是一种嫁接的语言。说难听点，是失贞的语言，仅仅翻阅古代写下的诗句，远远不够改变面前的困境！我想，不实在地认清这一点，一切抱怨或抱负都是空话。

什么是古老汉字——汉语的特质？它怎样与人"当下"的生存相关？除了"字"的美学基因之外，如何使当代意识不变成对语言的破坏力量，相反，构成它的能量？我想到佛经译文的绝佳范例："色不异空，空不异色。色即是空，空即是色。"多漂亮的视觉与节奏！佛经译文刻意回避道家的既成词汇，却以完美的中文，传译出对中国人非常陌生的观念：如"色"、如"空"、如"受、想、行、识"、"五蕴四大"……字之上，是蕴含当代意识的形式，赋予其"上下文"关系。古诗亦然："白发三千丈"，作为一行诗，全然不同于单独读这五个字。一行诗包涵着渗透其中的音律、节奏、格式、"程式"，李白的气质、风格、当时的诗境等等。写诗，既要对自己使用的材料（文字）有独到的理解，又必须有由此出发创造（赋予）形式的能力。否则，又会失陷于另一面：把一本字典当作诗集。所以，对"字"之思，应是一个起点，层层深入，直到发掘出诗——中文文学重新敞开的可能性上。到这一步，才是思考的完成。

从字到诗的四个层次——"字"：是中国审美、思维的基本材料，不了解其特质则无从写作；"语"：由字组成的意象、词组，节奏与初步的意念由此获得。如"远古的底色"，五个字，一个意象——组成诗人"加入"字的第一步；"句"：国内语言学者曾提出"句"是中文表现的基础单元，我很有兴趣。可惜他的"文化语言学"，未能建立中文的纯形式研究，是一个退步。但"句"，确实重要。对仗、骈文、赋，都以"句"形成。可以说，"句"使中文文字的审美特征得以呈现，且固定为"程式"——今天人们谈论"母语"，实际上也是在谈论"句"中的母语形态。对我来说，"句"才使此诗人之为此诗人——你的意境，你的风格，你的语言和思想："白发三千丈"，这是李白的；"月出惊山鸟"，这是王维的；"风里都是血"，"把手伸进土摸死

亡"，这是杨炼的。一个诗人之"个人程式"，由"句"中
呈现。有人说过："让我读一首诗的前五个句子，我就能告
诉你，这是个什么样的诗人……"；最后，全体呈现于——
"诗"：一首诗是前面诸层次之和，但其效果，是它们的乘
积。诗人有意识地建立起他自己美学的"个人程式"——相对
于古诗中的"母语美学程式"——使选字、组词、造境、炼意
经由"结构的能力"，次递展示。结构，犹如诗人身体内秘密
的乐感，塑造着语言，终使它甚至超越了诗人自身，纳入了
"非时间"。这从字到诗的"四个层次"，是诗人（这个诗
人）的主观因素"加入"自己的语言，迫使其变形、敞开、
应对诗人之要求的过程。也就是对"字的无意识"背离的过
程——我是否可以说：诗，是对"字"的自觉？

梳理清楚从"字"到"诗"的诸层次，于是也容易弄清中
文文学的困境。前面说过：不是汉字的表现力已被用尽了，相
反，它的诸多可能还远未被意识到。那么，造成汉语——中文
文学停滞的是什么呢？我以为正在"语"、"句"、"诗"这
三个层次上，也就是说：越需要诗人主观"加入"之处，就越
薄弱。这里，当然部分原因可以归于汉语长时期的封闭，特别
是儒家意识形态强化教育、考试的控制。但，诗人不应当推
诿责任。中文当代诗之薄弱，原因就在于诗人自己。我说，
我们是面对风景，却缺少一双眼睛。你看不到因为你没有能
力看到。你围于汉语的惰性之中，因为你本身就是惰性的一
部分。"自觉"的定义永远是：你是否拥有发现自己困境的
能力？如果没有，也得创造它！没有后三个层次上诗人的努

力，"字"就是再美、再深刻，也是白搭：因为体现不出诗人做了什么。

是否可以提出一个更极端的看法：诗不是语言，而是对语言的超越——至少，是超越语言的企图。一个划分是重要的："普通语言"（口语、一般书写）的主要功能是传达与交流；大部分文学语言（小说、戏剧等等）的主要功能是"描述"；只有诗，直接以语言本身为对象去"创造"——由拓展语言的领域进而拓展感觉与思维的领域。所以，"去年的花园在海上拧干自己"（拙作《大海停止之处》）不是阐释。诗自成的这个世界无须蓝本。相反，当一行诗写下，世界突然获得了一个蓝本。从那一刻起，"去年的花园在海上拧干自己"存在了，诗，通过发现前所未有的语言方式，给了世界一个现实。在这儿，我突然感到了古代诗论贬低"元轻白俗"的分量——本质上，诗人全力以赴地，并非向日常交流方式"靠近"，而是对它的"背离"。在诗人自觉创造的背离的距离中，蕴藏着诗之要义。那或许也正是：我、你、我们今天仍坚持这种乖戾"活法"的要义。

三、自觉的诗人：返回与出走

我们在我们外面

又在里面　听任一只凶猛的爪子
把所有人抓得鲜血淋漓

所有无人　回不去时回到故乡

——《昆·还乡》

越是我　就越是世界

每一只鸟逃到哪儿　死亡的峡谷

就延伸到哪儿　此时此地

无所不在　犁过一具黑暗的躯体

星光灿烂　一枝郁金香经历了全部现实

——《昆·远游》

　　上面引的两节诗，是我一九八八年临出国前在中国完成的最后两首诗中的句子。不是诗人，而是诗，预测了此次跨出国门对我人生和写作的意义。《还乡》，而"回不去时回到故乡"；《远游》，而"此时此地无所不在"。那么，返回与出走是不是同一回事？像卡缪说的："旅行是一门伟大的学问……领你回到你的自我。"当生存，体现为诗中的辞句，我不得不说，这个"返回/出走"的和谐的对抗也普遍存在。当我们谈到如何从"字"的构成中获得（发掘）启示，我们也在强调每个诗人与既定之"字"间冲突的、紧张的关系。我是否甚至可以说："反叛"的？犹如情人之间绝不无聊的争吵。"海底有钟表　却没有时间/有你　却没有人"（《老故事》）。"时间"、"人"，与"钟表"、"你"之间，有一个断裂，迫使读者重新思考这些词的意义。这是一种在文字之内、语言之内的"反叛"——反叛语言中已被固定化的内涵；却又通过反叛，开启了语言新的可能。更深一步说：这个"反叛"，只能建立在一个诗人对生存、对自我、对语言的独特思考上。我称之为"自觉"——"个人写作"的自觉，反叛以文字/语言方式存在的集体无意识和集体催眠。纵观中西，最强的文化能量，总是在一个文化传统发生转折时迸发的。欧洲现代主义文学如此。当代中国文学亦应如此。也只有在这个意义上，"返回"——对古典杰作的吸纳，才有意义。我们的"出走"，才加入了传统——给予它一个新的解释。所以，尽管当代诗的探索，比起上千年由时间淘洗出的古代精品，还远未成熟。但它是活的，正在涌出的，每一批，或每一个诗人都在试图重新定义"诗"，这，已给了它足够的意义。

当代诗的"出走"，借助于白话。一种符合当代口语节奏，又被有意识发展的书写语言。我们中当然没人喜欢曾被人为扩散的"新集体"。但逐渐清除它的同时，又怎能正确面对"五四"以来几代人试图敞开中文的努力？我认为，不应由于若干弯路而否定整个价值。这个语言——现代中文——是我们写作的理由。否则，古典诗的杰作都已在那里，无须我们来重抄一次。在我看来，中文很美丽、很独特，它的"现代化"应是自身之内的转型。因此，非政治因素的汉语拼音与简化字，很有意义。特别是大陆第一次简化字，集民间简体、书法行、草和专家创造的字形构成。我以为它们既大部保留了汉字美感，又使其易学好认。它被当作意识形态工具是历史悲剧的一部分。我不主张说"新的一定好"，也反感"旧的一定好"。比如对"字"之魔力的崇拜，古代皇帝们早已懂得：诰封、谥号中那一长串互不相关、却辉煌空洞的

"吉字"，就是发挥了汉字的这一功用。但你能说那是诗？所以，无论古今，诗之优劣，在于"个人写作"。我已谈过从"字"到词到诗的几个层次，即使都是用五言绝句（"母语美学程式"之一），王维的"明月松间照，清泉石上流"，也只能是王维的。人称王维为"诗佛"，就是指他的诗中意象清澈尽透禅机。对生命的感悟，对大自然的体认，有我与无我之境，统统融合于这一对透明得知在目前的具象。分成字看，并不特别；合成一联，韵味横生。而且，"明月"——"松间"——"照"，句式结构就充满视觉效果，这"月"在今天，就成为"当月光无疑是我们的磷光"（《大海停止之处》），另一种句子，展示诗人写作，本身就是一个"返回与出走"的双向同一过程。一面向"回"：回到传统，到古典，到字，到"字思维"……；一面向"前"：向现代、向自我、向活的现代中文、直到在自己建构的"个人程式"里，再次企及"取消时间"的命题。返回与出走，一个积极的循环。

人们总企图强调，证明中国诗的"自然"性质。从"空翠"二字想到禅；从"明月"悟出道。但诗里有什么是"自然"或"天然"的呢？还有比七绝、七律对形式的规定更"人为"的吗？我说，只有人为得高级、充分，或粗劣、简单之别而已。"如闻天籁"，仍只是如闻，一切须经某只手写出，"坐看云起时"，是这一人；"野静云俱黑，江船火独明"是那一人。诗人之"我"，是不可替代的。哪怕"母语美学程式"对王维与杜甫毫无二致。从今天来看，诗人的"个人写作"尤其应强调，中文（或汉字）中的启示是一回事，你能否发现它，发现了它之后又怎样发挥它是另一回事。我的短诗集（一九八一——一九九一）题目是《无人称》，从中文看，非常明确，就是无"我、你、他"——人称，但欧洲语言完全译不出。在他们，"人称"与"人"是同一个词（person）。于是，"无人称"就是"无人"。可在我看来：有人，却没有人称，无法辨认，这正是此中真义。实际上，这个题目完全可从古诗中"化"出来——以"炼金术"的方式——我多次举过的例子：孟浩然的《春晓》：春眠不觉晓，处处闻啼鸟，夜来风雨声，花落知多少？对中国人，不存在"不懂"，虽然四句之首都无人称，但外国人就不行了，我读过此诗三个不同英文译本，两个译了"我"（杜撰了"我"），一个没译，就那么空着，可读者就认为那"空着"的不好，不对，怪！他们问我，我说，当然中国读者也无形中读作"我"春眠……，"我"处处……，但为什么不能是"你"、是"他"、是"我们"？甚至是大自然在倾听大自然自己——"春"眠不觉晓，"处处"闻啼鸟，"夜"来风雨声，"花"落知多少？"无人称"，就如一幅画的"散点透视"，并非"没人"，而是一个人超出自己，化为众多的人。不止简单把"我"取消，而从"我"切入。在最充分地"我"之追问中抵达"无我"——这儿没有"自然"，只有人对"自我"局限的意识。

我继续"返回与出走"这个题目。中国诗的"母语美学程式"是如此完美，以至上千年以来，它不仅深刻体现了汉字——中文的审美特征，也几乎融入了中国人生命的内在节奏。只要看看五、七言是如何固执地在历次"革命"运动中再现就够了。这种生命与语言的高度和谐，已经是一种集体潜意识，它秘密地排斥一切与之不符的语感节奏——重构生命的企图。所以我说，正是这个"完美"，是今天中文写作的核心困境。特别是当我们不再仅仅借"历史主义"来壮胆，不再能仅以一句"过时"来抹杀传统，而必须把"古典文字"作为存在于"当下"的一种创作，来比较与参照的时候。个人——写作，就是先天劣势地与一个几乎不匹敌的对手较量。我知道，当我们提出"取消时间"，我们正是在突出这个困境——凸显当代白话诗在古诗反衬下的种种单薄；当我说"无人称"，我就在放弃保护自己的最后一个掩体——连个人都没有，你存在的唯一理由是揭示"人的处境"。这是一种"人内无人"的处境。一九八二年，我写过一篇文章，叫作《传统与我们》，已经在讨论传统之"内在因素"与诗人之"单元模式"的问题。我说："……前者（内在因素）指那些摒除了单纯外部特征后而使传统仍然成为传统的东西；后者（单元模式）指不同时代的不同作家融合各方面因素而自成的艺术风格。"除了那时的幼稚，实际上我也谈到了要点上：一个诗人，必须以自己的方式加入传统——在我写完《鬼》之后，我把这句话修改成了："在一个人身上重新发现的传统。"落到实处，就是一个今天的诗人，如何创造你自己的形式与节奏？是你自己的，同时又是中文的！我的散文集《鬼话》，在德国翻译出版时，我特意作了一篇《中国散文传统与"鬼话"》的附记，专谈"节奏"，谈中国散文以纯粹的文学创作综合诸多写作材料的特殊形式，并归之于一篇"序"《为什么一定是散文》。你不得不"返回"，越深越好，去汲取你的语言，你的文化内藏的启示；也不得不"出走"，越远越好，去把启示敞开成一个新的世界。这像是一个诡谲的逻辑：没有时间（现在），必须从对"现在"的切入中去揭示；没有自我，正以对"自我"的追问为前提——发生在"我"身上的，都是能够发生在人性深处的。如何将之体现于诗，这还得看一个诗人的能力。

相对于"母语美学程式"，我想提出创造"个人美学程式"的问题。注意：这儿用的是"程式"，却不仅仅是"形式"。也就是说，一种比每首诗的形式、节奏更深一步的东西。一种你独特的语言意识！像你这"齿须……"二句，你说它是"母语"？但在你之前，没人这样写过。那么，"母"在哪儿？谁是谁之"母"？我看，是你"敞开"了中文——尽管它具有这个可能。是你的"个人化"，使母语获得了新的生命。具体到创作上，没有什么诗是在历史长河中"共同"完成的，都是由一个个诗人个人完成的。那"母语"有什么意义？如果这个词，仅仅强调了个人对于某一群体的从属关系，它对一个诗人的创作有什么意义？也许是由于我出国数年的经历，我对"母语"这个词想得很多。特别当我周围都是外文，我突然发现，过去由一个民族承担的对语言汲取、筛选、试验，积累、创造、传播等等工作，现在都由一个人做了。我称为"一个人面对他自己的语言"。一种更彻底、更孤独、更美的处境。一种没有保护的、赤裸的处境。那么，我们究竟是在用"母语"写作、还是用每个诗人之"语"在写作——譬如我，用"杨语"？一个反证是，我的诗的语言，不可能"译成"别人的，甚至别的中文。除了"我"，"母语"不可能是这样的——那么是我生在"母语"之内？亦或"母语"生在我之内？我知道这样说有"欺师咒祖"之嫌……但不如此，就无法凸显问题的焦点："个人写作！"就总是在寻求依靠或替罪羊，在"知其然，不知其所以然"。相反，把问题提到了自己身上，你就只得："天天死亡天天诞生"；"沉入一个字重见生者和死者/沉入一滴水让树木听见海洋听见"（《R·降临节》）。"个人写作"作为一个词，就强调了：你是如何把"母语因素"转为"个人因素"的？作为两个字："个人"使这个诗人区别于其他诗人（气质、经验、性格、哲学……）；"写作"使这个人的"诗"改变此前原有的诗歌秩序（风格、形式、内涵、深度……）。也就是说，"母语"，随着每一个诗人对"母语"的再发现能力不同而不同。"杨文"诗，意味着那个古往今来不变的诗对诗人的要求——个人的和语言的个性——"来到末日中心的人/书写神那么稚嫩的音乐"（《R·降临节》）。

双向同一：返回，带着出走的欲望；出走，体现曾经返回的深度。

我想："个人写作"达到对母语"反哺"之日，就是中国当代诗成熟之时。可惜，今天中文创作，貌似"现代"，其实并未给"母语"增加——或发现——多少表现力。这里的一个问题，就是诗人没有创造"出走"的机会。我给你读我的

《艮》中，四章的开始句，你们来比较语言运用上的不同——"就这样至高无上：无名无姓黑暗之石，狂欢突破兀立的时辰"（第一章《自在者说》）；"黄昏　静/而生坛"（第二章《与死亡对称》）；"一场疾病是一次漫长的旅行"（第三章《幽居》）；"如今　那赐予天赋的手/埋藏在大地深处"（第四章《降临节》）。从每一章第一句，我就要给出一种节奏，语言内部"长出"的节奏，既与该章的核心意象契合：如第一章之"气"的流动与第二章之"土"的凝聚；又与该章之内涵呼应：《自在者说》之"自然"和《与死亡对称》之"历史"。《艮》的二千多行作品中，包括七种不同形式的诗，与三种不同风格的散文。而这里我说的"形式"，其实是"个人程式"，因为每一种程式都不止写一首，而是若干首，让语言在其中尽量充分地展开。举例说：《地》八首诗，都由抒情诗语言、叙述性语言和直接引自古典文言三部分组成，同种不同类的"中文"在一首诗内"互相发现"；再如《山》之一、二、七、八：均属"无人称"写作，全诗纯由抽象动作构成，被隐去姓名的"神话人物"，正可以代入每一个人……有人颇不以我用《易经》作结构为然，认为：这是纯粹的现代诗，无须借助于古典。其实，不是我借助于《易》，恰是《易》借助于我，经由一首诗获得了数千年的时、空跨度。"易"之"象"，暗示出我的中文之纵深——产生这文字、文化的大自然背景，并由此，建立起跨越当代人感受与古代朴素经验的诗意空间。《艮》，让我有一次"检阅"我敞开中文的能力的机会。它把我此前近十年的创作变成了一系列初稿。这真够残酷。但又必须——因为你得把一条路走到尽头，然后才有"绝处逢生"的机会。我总感到中文诗（当代的）写得太实用、太俗气了，太缺少"铤而走险"的勇气。因而是一片"说话"，没有"作品"。创作是一件"头撞南墙"的事儿，想舒舒服服出名得利，没那么便宜。

"返回与出走"的题目，就是"自觉"这个题目。在传统与现代、整体与个人之间，都要求诗人去建构自己的自觉——把所有对外的追问，转回到追问"自我"上。于是，你不能一讨论"文化"，就把一盆脏水泼到"传统"二字上了事，或宣称在黑暗与罪恶的渊薮之内，唯有自己清白无辜。恰恰相反，如果说传统有所谓"劣根性"的话，它正体现为个人没有能力，甚至主动寻求的"不思考"——包括无力选择和重组自己的"过去"。因此，"传统的劣根性"，应当正是"今天"（而非"昨天"）的指称。我总结出一条：谁把自己说成是清白无辜者，他/她就体现了肮脏与黑暗本身。这是一个屡试不爽的定论。

> 一座母亲的雕像
> 俯瞰这沉默的国度
> 站在峭崖般高大的基座上
> 怀抱的尖底瓶
> 永远空了
> ——《半坡·神话》（一九八二——一九八四）

没有方向，也似乎有一切方向

渴望朝四周激越，又退回这无情的宁静

苦苦漂泊，自足只是我的轮廓

千年以下，千年以上

我飞如鸟，到视线之外聆听之外

我坠如鱼，张着嘴，无声无息

  ——《敦煌·飞天》（一九八二——一九八四）

什么哀鸣之耳被一声惨叫抓住

乌有的口中　是谁的傍晚

石头嘘着热气

来自黑暗才听清黑暗

  ——《**Ｒ**·与死亡对称》（一九八五——一九八九）

历史　被秋天看着就树干银白

噩耗一模一样的叶子

彼此都不是真的却上千次死于天空

大海　锋利得把你毁灭成现在的你

  ——《大海停止之处》（一九九三）

消失就是思想

  《同心圆》（一九九四——一九九七）

返回与出走同样没有尽头。

我们是不是可以说，对任何一位真正的诗人、对任何一位优秀的艺术家，没有不深刻的现实，也没有不丰富的母语——因为"传统"就是这样一种宝藏，它永远可以向一双有独特视力的眼睛，打开一幅风景。这么说，也解决了一个在二十世纪折磨了，纠缠了中国文化界差不多一百年的难题：如何使中国传统文化"现代化"？这问题应当问成："如何使你自己'现代化'？"因为，文化的诸命题，不与某个具体的人结合，就无意义。回到"字"与诗，虽然一部字典不等于一部诗集，但一首好诗却会迫使一部字典不得不改写。"传统"的生命力在于它能够重新被发现——被谁发现？怎样发现？怎样用作品呈现出你的发现？才是关键。我有时说："反传统"诸君是"一块长城上的砖，却梦想改造整座长城"，其荒谬不言自明。为什么不先考虑自己——一块砖碎掉，长城上就有一个洞。几块，就是一个缺口。再多，就是一座门、一条路……"非自觉"的标志，就是"简单化"：简单地因袭或抛弃，最后的结果一模一样：从两个方向上取消自己。所以，一九八六年之后，我开始谈"自觉"。先写了文章《诗的自觉》，又写了小册子《人的自觉》，可惜后者惨遭夭折……迄今十余年的创作，我觉得思路与那时仍一脉相承。"自觉"，学术点儿说：是"主动创造自己的困境"。面对现实、文字、传统、西方……形象一点儿，就是屈原的"天问"精神——一口气追问二百多个问题，却没有答案！这正是他最深刻之处：人类精神的历史，就是用更深刻的问题"回答"（包容）较浅的问题。在这个意义上，不独中国诗人、艺术家为然也。最后，情况也许有点儿出乎意料：你越是"现代的"，你就必然比任何人都"传统"——或正或反，传统被纳入你，并经你再次敞开；你是"传统的"，也就比谁都更有"现代性"——因为那是使传统具有"永远现在时"的唯一动能。如果我们抛开"历史主义"的障碍，以个人质疑与思考（以前多称为"西方的"），充实和扩展一种包容性动态平衡的思维模式（被称之为"东方的"），我们是否可以获得一种更积极，又更完整的精神结构？像整幅画的散点透视中，每一个点上又能够焦点透视一样。我们在发现困境的同时，也发现了创造的能量——一个无字，一个字，一首诗，一部组诗；"道生一，一生二，二生三，三生万物"……

四、同心圆

至此一来，折磨国人一个世纪的传统与现代之争，终于可以休矣。但这"休矣"二字，却又成了个更大的难题。在如此复杂的纠缠之后，突然了断得这么简单，很让人有"失重"之感。既无依靠，也没了对手，什么都抓不住，连"屎盆子"也无处可扣了。成与不成，如今全在你自己身上！我曾问一位艺术家："何为大师？"回答直截了当："不可替代"——在纵向的时间上，也在横向的空间上。在"母语"中，有屈原、李白、杜甫、苏东坡……；在"现代"中，有叶芝、庞德、艾略特、埃利蒂斯……都直接与你比较，成为你的"出发点"。这"不可替代"，谈何容易？！也许，我们还根本没资格谈论它——因为压根儿没"存在"过呢！

因为时、空双向上的压力，也就有了双向上"取巧"的捷径：在时间上，把自己放进加引号的"未来"，以逃避经典作品的审视；在空间上，对西方贩卖中国"土特产"：从茶馆儿到"文革"到"后现代"，直至钻营西方庸俗学术缺口的民族主义……以异国情调的"返销代替深度"。

　　我说过：我不信任"新"，只信任"深"。因为内涵的深度，要求一个诗人必须"发明"新的方式去表达，这形成了一个"同心圆"。《Ｙ》总注写道："万物皆语言"，诗人在语言中与万物合一，建立起诗的"同心圆"。那么，能不能说："诗"，是同心圆之心。然后字，然后人——人的诸多经验层次？当然，这么说已是"形而上"了。我还有一个公式："形而下下——形而上"，就是说：没有一个形而下、形而下下的深度探索，也不可能找到一种与世界形而上的对话。从七十年代，人们思考政治，然后社会，然后历史，然后传统，然后心理和语言，到今天我们"取消时间"……都在追踪这个模式：一边尝试触摸自己内部黑暗的极限，一边就在"黑暗的极限"上建立起对整个世界的理解。字，归纳了人的困境与渴望；而诗，引导字不断开放向更大的可能——我说："没有不残忍的诗""没有不残忍的美"（《大海停止之处》），就是说"诗"不可能穷尽。它永远在一个中心，用我们自己的空虚囊括着我们。《幽居》的"水、第八"："深入这棵树直到包裹住它那层层绿叶/深入一滴水　直到被黑暗湿透"；"弥留之际　字在漩涡下清点世界"；"以死亡的形式诞生才真的诞生……"，也就是在这个意义上，当我读到评论我的《半坡》、《敦煌》、《诺日朗》是"写历史"、"写文化",我只有报之以冷笑加苦笑。对于把诗读得只剩下题目的年龄的人,你能怎么办呢?对于我,没有一本书、一个文字不是"活的":我使它们活起来;也没有一个生活,不是切入了文字的:它们让我的"活"得以呈现。直到——诗、字、我、一切人,都在这个形式里被还原成同一个:非时间的人之处境!

倘若简略回顾一九八八年出国后的创作,我看到:这个"同心圆"在渐趋深邃。一九八九年的《面具与鳄鱼》,六十首六行的小诗,我称为"关于诗的诗"——潜意识里,怕是对过去五年被《Ｒ》所折磨的一次"复仇";一九九一年,短诗集《无人称》结集,看起来比较"安分"的形式,其实是在国外情况下,一种更直接、更透明地对"自我"和"现实"的把握;一九九三年,第二本短诗集《大海停止之处》,继续《无人称》的探索,但较为成熟——这是艺术上的另一种"返回"——而"出走"的讯息,体现在该诗集最后一个组诗《大海停止之处》里:再次使用空间结构,在一首诗里以建立"个人程式"为目的。四章"大海停止之处","四处"轮回于一处。每章之一、三节互相呼应,第二节是离题诗。而各章的第三节又重叠同一句式。细心的读者,不难从中读出对音乐的借鉴。最终,"尽头",本身却是无尽的——诗、文字、诗人的生活、人类永恒的处境于此合一。

用诗,体现生命本身的深度。在中国,就是"证道"。当你的内涵与形式"非如此不可",艺术就有了必然性。我总希望从诗中读出"必要"感来，这是艺术的信誉。但诗是令人悲哀的事业，无论你怎样写，语言注定比你活得长久，且会目睹你被遗弃。也许，我们的意义正在于呈现"失败"本身？我写大结构组诗，是中文的特质使然。这种语言不适于细致微妙地呈现心理的复杂过程，往往是一句"尽在不言中"就完了。要写出层次，写得充分，非以大力击破这层"破壳"不可。当然，用五年写一首诗，几乎等于"自杀"……那又怎么样呢？既然你早已洞悉了这个结局，而且就是从那里开始的？

这已注定了一种意料之中的"孤独"！"不思想主义"是中国当代——特别是九十年代以来的"世纪病"。我不敢说什么二十一世纪是中国世纪的大话，恰恰相反，我非常绝望，且越来越绝望。我看到八十年代曾经推动文学与思想不停深化的那种能量（哪怕太政治化了一点儿）已经耗尽，而代之以非常空洞的、空泛的、伪西方式的物质主义。我说"伪西方"，因为任何一个较完整的文化结构，都会培养，至少容纳一个自我批判的部分——一批自觉站在"主流生活方式"之外的人。中国古代的"隐者"是这样；当代西方的学术界、知识文化界人物亦然。我常有些美国诗人朋友来电话："我银行里的户头，到下月底就彻底空啦……"可他今天还在写诗！而中国呢？"历史"、"现代"、"后现代"、"性"、"女权"……所有八十年代作为"思想"的内容，今天只是加入"市场"的手段！我得说：今天"官方文化"的定义，就是"意识形态＋市场"。在手心里跳舞——通过你自己的欲望控制你，结果仍是一样：取消独立思考。我说，我感到孤独，并非是一个人的"孤独",而是一种历史性的孤独。因为我们谈了半天中国文字、文化的内在启示,它都得由当代人一点一点发掘出来。你靠什么去发掘?还得靠个人对自己生存的感悟,靠不停的质疑与批判精神——靠"天问"。一个文化的精华必须经得起你反向地(首先否定式地)提问。就是说,当你以一个对人类文化有全面了解的人,反思自己的文化,而仍为其某些因素折服,它才是真的。也才不限于全称的"中国文化",而成为"你的"文化。我为一九九七年德国《卡塞尔文件展》(kassel documenta)首期刊物提供了两篇一组文章,其一为写于一九八五年的《重合的孤独》,其中写道:"……在这里,只想说出他亲身感受的整个东方思维的唯一现实根据:人在行为上毫无选择时,精神上却可能获得最彻底的自由。人充分地表达自身必须以无所期待为前提……"只有自觉地为自己创造困境,才可能建立诗的——精神的同心圆。放弃这一点,再丰富的古老文化也帮不了你的忙。

从"断竹、续竹、飞土、逐肉"的"土",到"摸 土/镜子背面谁在挣扎"的"土",其间没有"断裂",却有一种"深刻的联系"。两千年前的那位诗人用八个字写出了狩猎;今天的诗人已弄不清,究竟大地这面镜子内外,生者与死者,谁是谁的幻象?当代人生活与内心的复杂性,使当代诗不能,也不必单纯追求"纯粹"。我说:它不"纯粹",却可以"朴素"——我的"朴素"之定义,即内涵与形式间必要的平衡。倘若这"平衡"有,则《离骚》、《神曲》不长;倘若这"平衡"无,则五字四句顺口溜太多,端看诗人对文字本来的造形与表意双重功能把握的能力。所谓"深刻的联系",不是掉书袋炫耀知识,而是通过创造上、下文,把一个字里闭锁的文化、历史、过去打开。"手在摸　黑暗在诱惑/土的唯一方言/脊椎越狱时错裂的嘎嘎声/翻开一块干净的石头/什么也没有"(《ᚠ·与死亡对称》)。

当代诗与古老中文文字间,只有构成了"深刻的联系",才能让古老文化蕴含的启示敞开于今天。回到"诗,取消时间"的命题上。一九八六年,我写《ᚠ·与死亡对称》,并未完全意识到作品中独特的时间观。当时的想法:是以中国古典美学模式——对称,重新组合神话、历史片断与我个人的现实感受,从而把整个"历史"变成人的"处境"。只有当《ᚠ》全诗完成,这一部分的意义才充分彰显:它是以"构成"本身,直接表达了"删去——取消时间"的意图。因为"历史"正是时间的产物。这种"取消",不止建立于对时间顺序的颠倒打乱上,更建立于"历史"与"我"——一个抽象化、人格化的现实——的关系上。我既没有"现在",又以一切时间为"现在";既不是"我",又以所有别人为"我"。我不得不指出:若是中文没有"非时态"——动词与句式在任何时间都保持原形——的特点(假如谈论过去就得使用过去句型),《与死亡对称》组诗将在时态的交叉错乱中坍塌崩溃。而现在,一个贯穿的无始无终的"时间",充分暴露了历史的"词"的性质、面具的性质、碎片的性质。商纣王、秦始皇、西施、司马迁……都是我,都是"我的处境"的一系列变形。而这"处境"一动不动,犹如俯瞰无数生日的一个末日。因此，冥冥中，我每一章的起首，都从黄昏/末日开始，"反身"进入生存。在生存中，体验、重申被语言早已注定的。那么，谁删去谁？是"我"取消时间？还是作为幻象的时间揭示了"我"的幻象？一个当代诗人创造的结构，本质上只是他命中注定的命运的证明。而这一切只是到诗完成之后才被清楚意识到。它唯一说明了我们每天呼吸挣扎于其中的"活着的深度"。

　　"深刻的联系"也表现在诗的音乐性上。在别处我说："没有纯诗，但必须把每首诗当作纯诗来写。"还谈王维，他不说："松间明月照"或"明月照松间"，却说"明月松间照"。于是，第一，悄悄与日常口语习惯拉开距离。"明月照松间"，是口语顺序；"明月松间照"就不是，以"照"之"仄"声压尾，你可以"听"到月光自上而下"泻下"的声音，其妙处与后边之"流"（蜿蜒"流去"）、与"无边落木萧萧下，不尽长江滚滚来"异曲同工。试想象"萧萧"与"下"、"滚滚"与"来"的关系！这也就触到了第二点：音韵之表现力。音响是有动态、有姿势形象的，尤其在中文文字中。但由于中文字之视觉性进入太快太强，以至人们大多忽略了"乐感"。在当代诗中犹为如此。有时，音乐反而比诗人的意识来到得更早——我有一首三行小诗，题为《忘》："风与风的音乐/中空的世界/草叶　都在耳鸣"。初写下时，只为意象，后来打进电脑，忽然"看"到了妙处（拼音一大好处！）："fēng yǔ fēng de yīn yuè; zhōng kōng de shì jiè;cǎo yiè dōu zài ěr míng；"音响结构是这样：（第一行）…ē ng...ēng...ùe；（第二行）...ōng...ōng...ìe；（第三行反过来）...ìè......íng。你说有没有音乐？实际上，我的诗在电脑上，可以把"音乐"看得很清楚——只要你打入汉语拼音，不变成汉字就印出来，就行了。开始我觉得怪，之后一想：完全合理。因为我写的时候，就是哼哼唧唧"吟"出来的。

"在智慧中死去仍然是死"（《死于幻象的人》）——老子说："知不知，上"；苏格拉底明言："我知道，我什么也不知道"。我从未奢望通过写诗，给人类找到一条出路。在《￼》中，我已写到："两只野兽　以走投无路的血相识"；《大海停止之处》："谁和我在各自的死亡中互相濒临"——诗，无非为走投无路的人创造一个走投无路的形式。但，就是这"写"本身，体现了人之为人的一点儿东西。由于每一个小小生命的投入、焚烧、毁灭，一个"深刻的联系"得以继续。从我个人的观点看：巴比伦塔从未倒塌，它仍在每个诗人（无论使用什么语言）的一张书桌，一页手稿上继续建造。每个诗人在不停建造他自己的"通天塔"。与其说这是对上帝的反叛，不如说这是人对人自身的反叛，或"诗"对语言大限的永恒反叛——我在"字与诗"结尾处已谈到的，一个宇宙的同心圆，其实小于一个人。在一个人的自我发掘之内，形而下的"消失"，正是形而上的"思想"。《同心圆》组诗中写着："高度　是这个落点/再被古老的背叛所感动。"

我们作为诗人的孤独，来自于这个没有诗的时代。但从另一面讲，人类的什么时代是富于诗意的？生存的贫困、语言的焦虑，古已有之。诗对于既成的、流通的"思想"，永远是一种挑战。因为，它先天是一种质疑。我以为："孤独"，正是诗之作为一种必须的思维层次的证据。而被传诵一时，在今天无疑是一个厄运。作为诗人，我更愿意考虑的是如何"享受"这孤独——如何把"我的"生活方式（诗！）建立得更特别？如何让诗——作为一种艺术——重建它的信用：不是观念游戏（借给"诗"下个/换个定义，就成了没有作品的"诗人"），而是：无论你有多么新颖深刻的观念，请把它诉诸形式！有史以来，艺术家的信用，只能建立在一双常人叹服的"手"上。而"这样的诗（艺术），我也能写（做）！"永远是一件作品站不住脚的标志。在深刻的观念和精美的形式之内，我还希望感到来自"真"的触动与震撼。一种"疼"。疼得美丽、又令人无法回避。因为如我们谈过的：相对人的处境，没有哪个"现实"是不同的。无论你从中国的政治苦难中来，还是来自西方逻辑化的，抽象而无所不在的商品控制，又或如所有社会中占统治地位的大多数之平庸品位，存在都足以令一个敏感的人发疯。而诗，因此不可能不疯狂。正由于这一点，在任何时代，诗都是必要的（无论大多数承认与否）。它的性质，颠倒了一个关系：让这世界，不得不依赖诗而生存——这想法本身，是不是已够疯狂？但，"再被古老的背叛所感动"！像古往今来诗人们做过的那样！

迄今为止，我已在西方漂泊了九年有余。九年，不仅写诗，且是用一种世界上最古老的语言之一写。这已不止疯狂，而近乎笑话了。但，我为一九九五年"卡塞尔文献展"刊物写的文章题目是：《因为奥德修斯，海才开始漂流》。因为一个人的凝视，现实、历史、传统、语言，乃至人性深渊里的黑暗都层层绽开。围绕他，既成困境又是能量。归根结底，这里谈"诗"的一切，又因为"诗"曾是中国传统文化精美深邃的核心模式，也推演成了对整个文化传统现代转型的省思。作为以中文写作的诗人，我当然希望这个古老文化不仅陈列在博物馆和停尸房里，更会绚烂于未来——但它必须以一个个成员的活的创造力再生。诗人，太个人了！以至于在"无人"和"一切人"中说话。诗，指出一个方向，让写作向自己中心永远空虚、永远黑暗、永远散发诱惑芳香之处跃下。谁能跃下更深，谁就越集死亡的揭示者与生命的愉悦者于一身……海，在奥德修斯来到之前当然一直波动，但因为有了奥德修斯，它加入了人类的历史；因为有了《奥德修记》，它成了诗的源头。如果没有大海呢？奥德修斯的眼睛，是不是也一定会创造它？我也许该说：一双无止境眺望的眼睛就是大海？那注视是一场不停的暴风雨——所有同心圆之间，那个不变的"深刻的联系"是：当时间成为幻象，我们就无遮无掩、赤身裸体地被"彻底"与"必然"审视着。在一首首诗中，"天天死亡 天天诞生"。

没有一代人没有自己的奥德修斯，如果大海仍在人类思想中漂流。

一座向下修建的塔
——答木朵问

①木朵：我们从一个关键词——传统——开始交谈。在一次访问中，你提到："我自己在经过多年的海外漂泊后，越来越觉得回归几千年来的中文传统，重建诗人独创性与传统之间联系的必要。"昨天，我和陈东东先生闲聊时，他告诉我你是"倾倒在传统文化里的人，一心想接续已经断了线的传统"，可是你又常年在世界各地的"现实"中奔波，"飞在现实上，然后选几个点落下来"。那么，要真正地坚持传统，应当采取怎样的措施呢？——你在《传统与我们》中回答："我认为首先应明确自己诗的位置。""要重建从楚辞、汉赋、骈文、律诗传承下来的我称之为中国文学形式主义的传统"，你有什么恰当的对策？"传统"断了线，其根由是什么？新诗不长的历史是否形成了一小截自己的传统？"选几个点落下来"就像一句谶语，将你的忙碌与孑然蕴含其中，如果要回到光辉的传统中去，哪几个"点"会是你的降落地？

杨炼：首先，什么叫"传统"？在我们的讨论中，被笼统以"传统"名之的东西，究竟是一个"传统"？或其实只是几千年的"过去"？对我来说，"传统"是指古典和当代作品之间一种"创造性的联系"。我不以为传统有断线的可能，因为中文语言还在，中文独特的美感和思维方式还在，那就构成了"联系"的根基。要说"断"，只是诗人能力的问题——我们缺乏使传统在自己身上再生的能力。一首好诗中总有一种双向旅行：既朝向经典，汲取语言之内的元素；又将其开放在全新的形式中。如果没有建构"创造性的联系"的能力，我们有的就只是一个"过去"，可别谈什么"传统"。

传统没有断线，是新诗自己断了线——断了诗歌贯穿自身灵肉的那根线。"五四"以降的"反传统"嘶喊，唯一暴露了诗人的浅薄，以及这个民族面对挫折的色厉内荏。我说过多次，在这个世界上，中国的"文化虚无主义"最彻底，毁灭也最惨痛。诗歌沦为宣传，甚至连"过去"也太奢侈了！从"今天"开始的当代诗，甚至加速度繁殖的"什么什么代"，几十年过去了，除了社会性那点话题和"愤青"式的一次性发泄，有什么递增？回到你的问题，我以为新诗还不配被称为有了"自己的传统"。

这是一个绝境，但也并非没有绝处逢生的可能。说到底，今天的真正诗意，还不在诗歌里，而是在那个被总称为"中国"的变革中的巨大现实里。它活生生血淋淋的，不能被套进任何一个西方现成的理论解释清楚。这也是诗歌的模型。我们的诗，必须张开向一切诗歌意识，同时又不停回到纯粹的形式上（我说过，"把每首诗当作纯诗来写"）。只要有诗意和形式之间的平衡，长诗、组诗、短诗、抒情诗、叙事诗，甚至格律诗都可以写，完全没有必要画地为牢。到现在为止，我总共完成了十个"诗歌项目"（注意，我不叫它们"诗集"），它们形式完全不同，但又如音乐作品那样对比互补、一气贯穿。虽然有"你必须把杨炼二十年的创作读成一首诗"这个提示，但我根本就没存被读懂的幻想。这是一个精神彻底贫血的时代，我的书纯为立此存照而已。但愿我的诗、散文、文论们能建成一个城堡，躲在里面拥抱取暖，朝外保持铁石一块的面孔。用不着几个点，有这一个"命运之点"（另一个我用过的词）就够了，以此立足，我臆想中那个"传统"，并不占用大于一个人体的空间，就让它在这里发生吧！

②木朵：自1988年出国，你已经在海外漂泊数年，更年青的诗人们在欣羡你纵横中西文化之间，游刃传统与当代的同时，也显示出对你们这一代诗人的质疑：身在他国，无耳濡目染，不便沉浸在对"中国特色"的邂逅之中，是否变成了一次次起源于记忆、书本和幻觉的凌空虚蹈？譬如说，你没有行走在中国的某条小街上，你将如何窥探当代人心？你的创作源泉从何而来？许多诗人没有在海外漂泊的经验，他们的质疑又常常是一种致意：杨炼们将带来在不同文明撞击之后执意存活下来的中文写作经验，对于新诗，不啻为一小截传统。"本地中的国际"是怎样一种空间感？从你许多风格近似的造句上看，你偏重于一种执拗的辩证法：从一个词的反面繁衍出新颖。在形成自己显著的风格之时，"你在你自己的书写中失传

了"，你希望自己的近二十年创作能够给更年轻的诗人留下什么足音？

杨炼：根本的一点：写作是来自个人经验的深度，还是来自所谓"祖国"、"民众"、"什么什么特色"？对我来说，当然是前者。"国界"和"国籍"都是假命题，我自身是我所在的唯一地点。这个"地点"之内包含了我全部的历史、现实、知识和思想。诗歌想象的能量即由此而来。且不说我之被迫出国，本身就是一个"太中国的"事件。那些我在国际漂流中写下的句子"另一个世界还是这个世界　黑暗说"（《黑暗们》），"这是从岸边眺望自己出海之处"（《大海停止之处》），"现实　是我性格的一部分"（《伦敦》），都在表明，我要求于我自己的，是一种近乎饥渴的吸附能力。把无论什么环境吸进自己体内，在"人之处境"这一点上，把它们还原成我自己的、本来的东西。事实上，我不信任"国际"这个词，就像我不信任"中国"这个词——我不信任任何带有"群体"性质的词汇——它们的笼统粗糙，多半试图"覆盖"甚至"取消"诗人的个性，可那是诗歌写作的本源啊。所以，你（或你们）别让我的环球旅行给骗了，我其实一动没动，如蚂蟥一样死死钉在"诗"上。只要坐下来写，我的世界就既没有国界也没有时差。

从你的问题中，我想引出几小点。

第一点，"中国经验"的局限性。"文革"以来渗透了"政治"的中国当代的经验，虽然不乏严肃、锋利的气息，但更多的时候，却在删节、简化诗人的感受。以至多半所谓

"当代中文诗"，由于其幼稚的情绪、偏执的疯狂、单薄的思想，无法真正被当作"文学"来对待，倒是作为一种可怜的、过时的"意识形态"副产品更恰当。在"冷战"几乎已经像中世纪的故事一样遥远的世界上，这类"历史的转折点"，这种没完没了的"生死关头"，既虚假又空洞。而只要跨出国界一步，就立刻看清了，那完全像我说的"博物馆里的恐龙大战"，连经验带写作都无非一场无聊无奈的游戏。它的无意义在于它根本不能给人类的思想增添任何新意；而煞有介事的严肃加倍突出了那种荒诞！中国诗人的痛苦，在于明知游戏的无聊还不得不玩，只因为它对"中国"仍然是有效的。今天中国社会的纸醉金迷，无非这段历史的一枚畸形倒挂的恶果。这也就难怪许多诗人老朋友们放弃写作了。

第二点，什么是真正有意义的中国经验？这里，轮到我来提问。在我看来，正是这个古老、沉重，曾经辉煌而现在正艰难转型着的文化——一个堪称史诗性的，几乎具有人类学意义的深刻过程。它的独特和精彩，在于没有任何路标（任何现成的理论），完全得凭自己一步步摸索出道路。作为这个时代的中文诗人，血管里必须充溢涌流这个浓度的血液！我说过"没有贫乏的现实，只有贫乏的作家"，而要拒绝贫乏，只有追求真的深度。我用不着去窥探"中国的"当代人心，我自己就有一颗当代人心。对我自己的追问，应当能够通向人性彻底、共同的困境。这么说吧，走在一条中国小街上是不够的。我们得一层层地趟进地下去。向下，走到柏油下、石板下、黄土下。让那儿的泥沙、暗河、岩浆，构成我们呼吸的纵深。它们的沉重给了我们分量，更给了我们能量。

第三点，回到你说的"中文写作经验"。我们的素材是不纯的，甚至杂而又杂，但即使如此，"诗之写作"却又不能放弃纯度。用我的话就是："把每首诗当作纯诗来写。"诗人能否把外在的经验，最终转化为语言之内的、诗歌形式本身的经验？我认为，是考验诗人之成熟的标志。这其实是诗内在丰富性的要求，它有这个包容力！特别是中文，相比发明过"七律"的古典诗人，我们实在蠢得没边儿，还谈什么悟性！当代中文诗，特别是中文诗歌批评，实际上还在延续宣传式的所谓"内容"（社会性）讨论，而对汉字的性质、它独一无二的思维方式，它建构意象、句式、结构的能力所包含的时空观，以及由此抵达的深度视而不见。这种人就是住在中国，和"中文"又有什么关系？写下一行诗，一个人和一个日子才有了落脚点，这可不是"凌空虚蹈"，它没法更实在了。我的"本地中的国际"，就是要颠倒那种表面的空间逻辑。"国际"其实被包含在"本地"之内：我环球漂流的十六年，被包含于我住在伦敦"李河谷"旁的七年之内，且成为它的内涵。我整个的写作历程，（按我自己的说法）从"中国手稿"、到"南太平洋手稿"、再到"欧洲手稿"，层层纳入了新作《李河谷的诗》，在那里被一次性地回顾。直到，无愧于最后一行："再黑些　再拿走今夜　和几千年一起"。

第四点即最后一点：我的足音——你们的足音，唯由一部部作品构成，此外我们哪儿都不在。

③木朵：这几天在读《李河谷的诗》。市区内的一块沼泽地上"草叶破碎的膝盖到处跪着"。在读这样一组诗时，我会

有这样的印象：作者更注意句中的各种成分（字、词以及造句方式）与想象力的结合，有时显得层出不穷，有时小径不断分岔，似乎不太注意句子与句子之间的关系，前后句子之间多存在平行（平等）关系，很少存在递进关系（不急于去发展一个句子的更多可能性），或很少围绕一件实指的事情做一次合情合理的叙述；你的叙述是以一个虚无的圆心旋转，这个同心圆的叙述半径与一种非连续性的冥想有关。诗与"冥想"有一些怎样的关联？你在诗中提到的"词的惊人在越老越鲜艳"、"真的母语没有词"该如何理解？在《霍布恩在新西兰旅行》一诗中，你写道"要到桥那边 你得旅行三次/在译文里 在诗句里 在风景里"，这种"三倍的距离"暗示着你和你的读者最理想的关系是什么？

杨炼：我喜欢你这个"围绕一个虚无的圆心旋转"的意象。这实际上指出了诗歌的"叙述"与其他文类的"叙述"之不同。记得我的题目"智力的空间"吗？对我来说，诗（特别是中文诗）的叙述是空间性的，而其他文类（例如小说、戏剧）的叙述更偏重时间性，也就是线性地把一个过程讲述清楚。在诗里，全部的"过程"就是建立语言本身。具体而言，第一层是意象，第二层是句子中意象与意象间的关系，第三层是涵括所有句子的整体结构。诗不"阐述"，诗通过这个语言的整体环境去"呈现"。请仔细回味一下你阅读一首"七律"的经验吧：那些看似相对独立的诗句之间，一个"空间递进"的过程多么明显！那里，每个句子都在留住你，而整首诗又构成了一个多层次的风景。你得学会放弃自己想当然地从甲到乙、由上而下的"逻辑"，却让自己置身于风景中，去呼吸、聆听、感受那个活生生的东西。直到你闭上嘴，不再企图"告诉"诗该怎样，而诗作开始对你说话。

"智力的空间"之关键在于结构。"空间过程"仍然存在一种不断深化的关系。在《散步者》中，请注意每一个"到"的使用："到这片沼泽里"、"到水和血湿漉漉的相似性"……等等，那个散步的过程，其实是向下、向存在之深处的。还有《河谷的姓氏》，也是在一个地点之内"考古学式的"挖掘。表面的关联似乎不清晰，但一个个句子却在揭开感受的地层：从外部某个"冬天"到一个人的"单间卧室"，再到内心的命运"撒着雪花"。这个"同心圆"始终在进行一个把外围卷入中心、又从中心翻出外围的过程。那个圆心，就是我们以"诗"这个字表达的人类提问的能力。由于这个能力，生活的水平的向度，被修改成了诗作中垂直的向度。句子中近乎爆破的能量，被约束进了看不见的结构的钢条。我的几乎所有作品（甚至《面具与鳄鱼》那样的六行短诗）中，都能找到这样一张"空间性"的蓝图。

"冥想"是一个说法，我更看重的是，诗人发展自己主题的能力。那其实就是，沉思一个对象的能力。"李河谷"是一个对象，无数的诗人在那里散步过。但我的视力里叠入了我漂流过的全世界，我的凝视就成了一种层出不穷的发现。"李河谷"直接指出了我的"不在"——诗人刻意沉潜进这不在的痛苦——"李河谷的诗"（《水肯定的》）抵达对不在之"真"的肯定。我说过"在思想的深处感觉"，这里的凝视、冥想都是一种感觉的状态。当你找到呈现的语言，诗就成为了冥想的形式。诗人的成熟太重要了，那拼的就是耐力、就是功夫。"词的惊人在越老越鲜艳"——这里，"老"几乎是必须的，"鲜艳"是对老到的嘉奖。"真的母语没有词"——有人说过，"诗是我们的母语"。诗是远比词深得多的东西。诗是词的破坏者，又是它们的引领者。那"功夫在诗外"的无词，是一切词之根。诗甚至超越翻译的障碍，通过对人性深度的触及，把电流直接输入别处的人心。于是，"三倍的距离"就不是在推远，而是在拉近了。我梦想的读者，是今天还能坐在灯下，拿出一首诗（每晚不超过一首！）反复品味的人。他们不是我，但也许比我从我的诗中看出了更多。终于，诗是那个"无人处"，让我们都去"大醉一场"！

④木朵：读你的文论很少发现正规的批评文章常有的那些引文、注释，它们更像是散文眼里的视野。谈到"智力的空间"，我记起你的一句话："作为诗人，我要求的是——持续地赋予形式。"（《中文之内》）在《智力的空间》一文中，你认为"从空间的方式把握诗，从结构空间的能力上把握诗的丰富与深刻的程度，正是我们创作与批评的主要出发点"，形式和结构似乎是你致力的对象。你的许多诗均未注明写作日期，似乎在"取消时间"。你的诗中鲜有完整的标点，多是空格，这出于什么考虑？你很注重章节的匀称感，像《十六行诗》中的每节八行的体例。在《幻象空间写作》中，你提及《大海停止之处》一诗的"结构"安排，类似的设计又是出于什么考虑？你"总是被组诗的形式所吸引"，在组诗众多细小的写作经验中，什么值得反复锤炼？短诗是否在空

间感方面逊色于组诗？

杨炼：还接着上面谈。诗和读者的理想距离，是一种充满紧张关系的距离。诗刺激读者，刺疼读者，由此唤醒他们，离开那个它们住惯了、麻痹了的世界。怎样建立这种"紧张的关系"？首先，诗要抗拒读者——抗拒他们预期的阅读心理；然后，再强迫他们进入一个全新的世界："这首诗"的世界。他们必须经过努力，在这里重新找到他们自己。我不认为读诗是一件舒服懒散的事，正相反，那是"情人间的争吵"（借用了谁的话？）。但只要是真情人，最终会发现诗其实是一封邀请信，邀你抛开事物所谓"合情合理的"表面，而钻进内核里去看——别人永远看不见的景色！最终，紧张的抗拒反而促成加倍的亲和。诗占有了读者，读者拥有了诗意。

任何和诗有关的人必须记住：他接触的是一个拥有无限创造力、神秘感、可能性的世界。一个超强的大活力场！读诗意味着把自己向一切方向与机会敞开。这里，一切偶然性都是必然的。我谈的"空间"，与任何既定的哲学命题无关。它更像一棵树，被内在的生命雕刻成自己应该是的样子。所谓"形式"，就是这生命呈现方式的总和。有人说，读我的诗要像置身于一场风暴中一样，让风暴带着走，听风暴对你发言。可"风暴"中远不止一个单调的声音。那些意象、句子会说话。可真正专业的耳朵，得能听见"结构"的音乐。那才是一部作品的骨骼、一座建筑内含的建筑学。结构的力量不难感到，但结构与结构的质地难度又不同，相对而言：理解但丁《神曲》的结构较容易，他个人化地使用了地狱、净界和天堂那个现成体系；而理解屈原《离骚》的结构较困难，那隐含在繁复语言背后的追寻途径——由现实而历史、由历史而神话、由神话又坠入现实，最终栖止于自然——纯然是个人哲思的。它使《离骚》占有了思想史上的位置。读者要理解它，就得和它进行一场思想对话，诗的独特分量即由此而来。我强调结构，是因为结构本身就是诗，而且是诗意最深刻的表达。我曾经用"地貌和风景"的关系，来形容一个结构对诗所意味着的价值，如果《yī》（那部以自造汉字为题目的长诗）还在以非常自我的方式使用"易经"的话，那《同心圆》就完全是一种个人的思想体系了。其中贯穿的，是基于中文性"取消时间"的因素，而达成的对"人之彻底困境"的层层深入。我感到高兴的，是这样的作品在提供一种全新的知识。它是一个全新的现象，要讨论它不能依赖任何别人现成的理论。中文是可能再次成为人类思想"资源"之一的，我受不了没完没了读那些一看就知道早被别人写完了的"诗"！

你很敏感。我的诗一旦完成，就脱离时间而去。它们也不应该再依赖特定时间，来为自己的缺陷找到借口。每一部我还认可的作品，都是因为它对我整个创作仍有其"必要性"被留下的。这是一座向下修建的塔，一级级通向地心深处。在这个更广义的结构中，甚至"政治"（请读《谎言背后》和《流亡的死者》）和"色情"（我刚刚完成的《艳诗》诗集）都占有一席之地。

汉字几乎还是一种完全未开发的材料。某种意义上，你说当代中文诗还"未开化"也未尝不成。我的诗大多不用标点，是因为它们根本不需要。古典中文作品就没有标点，是因为应当停顿之处，早已被句子内在的节奏性清晰点明了。此外，加在黑色方块字间的那些空白，本身不就是一只只眼睛，盯着你，挑衅你的智力？你没问到的，我在这儿只提一下：汉字与欧洲文字间的最大不同之一，是它的读音几乎"看不见"，它隐藏在表面的视觉层次之下，因此，堪称一个"秘密的能量"。当代中文诗人中，对这个层次的关注甚少；对其自觉而创造性的使用，简直没见过。由此可见我们的写作之肤浅粗糙。我还提到过，"空间性"没有教科书式的依据，它之稳定深厚与否，其实依靠着诗人的听觉——诗的空间一如音乐建立在大气中的空间。我只是在写完《十六行诗》之后，才发现它们与宋词上、下阙之间结构上的呼应，那一定是汉字非线性特点的秘密启示。如果你愿意，就再去查看一下《与死亡对称》吧，古老的"对称"美学，来自对自然的观察，也渗透在一切人为事物之中。《大海停止之处》的结构"设计"，完全是为了突出一种包含动态的稳定——由于稳定而加倍动态（"眺望自己出海"！）。

长诗的结构直逼人面，不容回避。其中从整体到细部，必须逐一打磨。弄好了，诗的效果是各部分的"乘积"，而不只是"总和"。但我读短诗，同样注意诗人结构的能力。因为它们的短，因为加大内在空间的问题，或许更具挑战性。可惜的是，大多数我读的"短诗"，只不过"短"而已，短得毫无想法。常常只是一串排比句——诗人笔力的"弱"，就那么暴露无遗了。

我的文论中没有那些所谓"正规的"文章中的引文、注释之类，是因为：我讨厌透了那种文风！诗没有那么复杂，如果你感觉准确了，想清楚了，就应该可以用自己的话说出来。说自己的话，是自信的标志。而靠拉大旗——多半是自己一窍不通的，在翻译中歪曲走样的西方名人名言——唯一暴露的是自己不知究竟想说什么！在表面的"假博学"、"假学术"下面，是买空卖空、不学无术的二道贩子。就像没有好吃客，假厨子就能招摇撞骗一样，今天中国的"诗歌批评"（文学批评）百分之九十五压根儿没碰到诗本身。它们充其量只能被称为蹩脚得吓人的翻译，在讨论着不知是谁的问题！

如前所述，我通过文论想讨论的，完全不是西方文论中现成的东西。说白了，他们现成的"名言"、理论远远不够；而我们自己的"评论"更乏善可陈，我想"引"文，又到哪儿引去？我的作品集中，诗、散文、文论泾渭分明。特别是散文和文论，绝对不能混为一谈。对我来说，散文是创作，文论是阐述，彼此之间毫无共同点！如果也引一下名人，我想提出瓦尔特·本雅明，中国的"学院派"，谁写得出那种清澈如水又深不见底的文章？唉，我们所处的文化，正在品尝整个二十世纪灾难的恶果。连话都不会说了，却偏偏要写诗。

⑤木朵：关于"无字之字"，我会联想到湖南江永县的"女书"以及徐冰的《天书》，在已有的汉字符号之外，世界还有广袤的自我亟待开掘，作为"在一行诗里任意衰老"的创作者，"你把自己抵押给一个辞"，而"越是我　就越是世界"。关于组诗《Ψ》，我在阅读时存有一些疑惑。比如，在《与死亡对称》一诗的八首"地"中八个历史人物的选择是一种怎样的刻意安排？从这个组诗到组诗《面具与鳄鱼》中的两

节六行体，你的思路出现了怎样的变化？是否跟你"背着帐篷、坐在长途汽车上环游澳大利亚"的处境有关？而"完全是一种个人的思想体系了"的《同心圆》中的"言"部分，尤其是其中的《谁》一诗的确有点"天书"的味道了；这首短诗该如何咀嚼呢？

杨炼：汉字（中文）几乎是一个全然没被现代思想触及过的巨大问题。比如说，作为完整文字系统的甲骨文出现之前，理应存在的那个漫长的语言"进化"过程在哪里？考古学上，除了最初级的几笔刻画，一点证明都没有！谁知道呢？或许"仓颉造字"根本不是神话，而是一个史实：因为只有一个人的发明，才会出现得那么突然，那么完美无缺（顺便一提，甲骨文只流通于商都安阳附近很小一片地区，也侧面说明了这种创造的"人为性"和"刻意性"）。回到"无字之字"上，女书、西夏文、徐冰等等，都说明要编造更多的汉字一点不难。我的"无字之字"，难度在它所处的——所抵达的深度上。就是说，𐤀的创造，是一件不得不的事情，有一种"必要性"在！那部长诗我写了五年（1985－1989），其中囊括了我到那时为止的几乎全部思想。长诗中四个部分的标题都很大：《自在者说》；《与死亡对称》；《幽居》；《降临节》。而想寻找一个足以压住它们的总题，简直不可能。我是在厕所里（灵感倍出之处！）石破天惊地想出那个主意的：创造一个字——由此握住人创造语言的最初一刹那！那文字之根、文学之根、一切文化之根！！这个字，读音为yī，与"易"、"诗"押韵；在视觉上，由篆字体的"日"和

"人"组成，"人"贯穿"日"，既呼应中国古老的哲学命题"天人合一"，又暗示内在世界与外在世界的合一。试想，除了这个办法，还有什么办法能找到一个题目，又强大又简洁地一语破的？！这一个字，实际上把整部长诗推入了一个深得多的层次。这就是我说的"必要性"。没有它，"造字"就可能流于一种无聊的游戏。这里，我其实已经解读了你引用的几句诗了："任意衰老"——汉字的非时态，把古往今来的处境都集中在此刻、我们身上；"抵押给一个词"——或者说，词用尽了我们？"我/世界"——整个世界（包括时间）都被我们带在身上，唯一抵达世界的道路就是穿透自己。我再给你加上《同心圆》中的一句："再被古老的背叛所感动"——我们所做的，始终是这么简单的一件事。

《与死亡对称》是长诗的第二部分。表面上看，它处理的是"历史"，但，什么是历史？除了我们为自己写出的"历史"有没有别的什么"历史"？在中国正、野史的传统中，该相信哪一个？《与死亡对称》中的八个人物，其实都是"历史的面具"，他们在台上扮演的，是我对"历史"——剥去时间之后的，人之非时间的处境——的理解。因此，那选择就既随意又有机了：可以把"商纣王"读成天命或伪天命的象征。"秦始皇"，读成"光明正大"匾下，一种由长城、宫城、后宫乃至子宫重重组成的"阴"（阴谋、女阴）之世界。"武则天"，永恒的"葬仪"。"西施"，被利用的美。"霍去病"，无情的土地。"曹操"，现实的和虚构的文字。"陈胜"（还用我点明他的当代轮回吗？）"司马迁"，我们共同的归宿。八个人物之外，"山"的四首诗中，还隐身藏着四组神话人物呢，请注意，那些都是"无人称"的诗——原型的诗。这八首"地"（历史）、四首"山"（神话），从两边双向推向中央：由四章荒诞散文（人称"我"！）构成的"现实"——所有"过去"的唯一落点。隐藏在意象之后的"结构"终于开口说话了！《与死亡对称》是"我自己的中国历史"。它穿透"中国"，刻意"构思"和"写出"了人类永无出路的命运！

要加以强调的是，尽管我在这儿应你之请，做了不少"解释"，但那充其量只涉及了一部作品的某些骨骼、筋络，它"不可说的"整个生命还隐在语言深处，只有阅读、把玩、品味，是进入那诗意的正确途径。从那个高度讲，你就把我的这些本来不必要的注解，当作一种低能时代的低能废话，置诸脑后吧。

中文诗人必须记住一点：中国生存经验的深刻，应当（必须）呈现为语言经验的深刻。常常见到的情况正相反，你能感到诗人苦大仇深，但从作品中获得的精神满足却极其单薄。诗不是通过自身的"创造力"构成与苦难的平衡（俗称为"美的净化"），却只在苦难的表面题材上滑来滑去，结果写了半天，仍无非"痛苦"的一件副产品——诗人真不该抱怨痛苦，因为诗正是那"苦难"的寄生虫！所有太浅薄地理解"中国经验"的人，都难逃当年苏联作家的霉运：世界把"冷战"意识形态及其写作整个抛弃了！你的作品地基不深，就活该茫然吧！这儿，我还没提中国"文学"其实只不过在重复东欧作家早说过的话，而且重复得低级得多呢！那么，什么叫"深刻"？这正像我们没完没了谈论的"中国有没有大诗人"？一言以蔽之，就是在作品之内建立形式的能力。我说"持续地赋予形式"就是这个意思。再挑明一点，就是光明正大地张扬中文文学"形式主义的传统"。你老早问过我的问题，我们这些出国的中文诗人，是否能够称"一小截传统"？我没回答，是因为我不愿意滥用"传统"一词。当什么都被叫做"传统"了，对传统的严厉思考也就没了。它被稀释成了众多似是而非的口水话。对我来说，谈论文学"传统"，就等于谈论作品们的形式基因。如果生活和思考没被转化为形式，对文学而言它们就不存在。你说屈原和曹雪芹谁更"深刻"？司马迁和杜甫之间有没有所谓"进化"？如果仅就内容论，所有伟大的文学毫无区别。我在长诗《�》中，一共使用了七种形式的诗和三种风格的散文，他们各自的节奏、速度、对比、视觉、音响、重量等等，传达出了特定内涵的要求。它们远远超出了写作的五年，是对我此前三十多年生命的一次性倒空！完成《�》的时候，我在内心里已经很清楚：这种形式结束了，以后必须变，否则宁肯停。正巧澳大利亚邀请我访问，我就带着那样的想法上了路。几个月的时间里，我确实"停"了，不写也不想，只是看、听、玩、吸收，还乘长途汽车环游该国。但我不认为诗的变化，只是由于客观环境使然。我是在那种人为的"空白"中，不知不觉地想到一些短而又短的句子，又近乎下意识地写在了笔记本上，再后来，慢慢凝聚成三行两节共六行的形式，每一行都很短，短得令每个字突出、鲜明、模糊不得，犹如在自己划定的小牢狱里跳舞，空间越有限，越逼着你拿出精彩的舞姿！正是这种对形式的感觉，使我意识到又一部作品的接近。而且，它是和《�》那么不同的一个东西！说真的，相对这个意识，"面具"和"鳄鱼"的题材根本不重要。我其实能把它换成任何别的东西。但是，又是在完成之后，我才发现有多少对"语言"的感觉渗透在那些诗中。语言的隔离（面具！）、语言的危险（鳄鱼！），仿佛我在写作《YI》的五年间和语言的可怕搏斗，仍在潜意识里进行，仍在要求一个更直接的表达！甚至"两个三行"的六行形式，也在秘密模仿易经"六爻"的形式。哦，不过老天知道，这一切都是背着我（在我里面）发生的！我所做的，只是敞开自己，不拒绝所有的可能性罢了。从《YI》到《面具与鳄鱼》，是从一种极端的形式跳往另一种极端形式的例子。但它们之间的"共同点"甚至还大于不同点，那就是，对"形式"的充分自觉。在上海文艺出版社出版的我的三卷作品中，这一点是毫无疑义的：对形式的自觉贯穿始终。不是别的，正是它们在提示诗人追问"自我"的深度。我讨厌关于"大诗人"的屁话，但让我更厌倦的是：一个诗龄数十年的"诗人"，全部的作品中竟只有一种声音（而且还越来越弱！）。那是比"停笔"更可怕的毁灭方式。哦，除了照顾公共环境，自己也得有个烦吧！

　　我很高兴你注意到了《同心圆》第五章，特别是《言》一节。作为诗人，你不难想到"言"、"土"、"寸"合起来就是个"诗"字，这是"一个字之内的世界"。或者说，一件探索"中文性"的观念艺术。你提出的《谁》，表面上看确如"天书"，可是既然是"观念艺术"，就在要求不同的读法或看法。这首"诗"探讨的是中文诗歌的"音乐性"，记得我说过的吗：中文的声音"隐"在它的视觉层次背后？《谁》的要点正在这里：恰恰是它在"字面"上毫无道理（纯偶然）的排列，打乱了人们依赖视觉的阅读惰性，从而突出了它的音乐层次——一个完美符合古词（"浪淘沙"）的平仄韵律。因此，这是一首"纯听觉诗"——纯粹为把中文的声音从字面后"剥离"出来而写的诗。什么是中文的"音乐"？朗读这些句子后，那个萦回在你耳中的旋律就是。题目是在问这"音乐"是谁的吗？不，那问题是：我们谁不属于这个音乐？再一次，探讨语言就在探讨我们的存在之根。

⑥木朵：你说到"七种形式"，使我想起最近读到的一本小书《小说的艺术》上米兰·昆德拉所谈到他的小说常常出现"七个章节（部分）"的缘由："一种来自深层的、无意识的、无法理解的必然要求，一种形式上的原型，我没有办法避免。我的小说是建立在数字七基础上的同样结构的不同变异。"接着，他以《生活在别处》为例，谈论起七个部分的长度以及在音乐上的节奏感，并且和贝多芬的第131号四重奏中的七个乐章有一种天然的联系，于是他认为，"一部小说的形式，它的'数学结构'……是一种无意识的必然要求，是一种挥之不去的东西。"在你的创作中，宋词之外的别的传统（比如乐府）是否与你发生了接壤？

杨炼：说起昆德拉的"七"，你是否读过我的散文《哭忘书》？副标题上明明白白写着："和米兰·昆德拉"。一九八九年，我还没读过《小说的艺术》，纯然凭感觉写了这篇七节的散文，反用他的"笑与忘"，写了我的"哭与忘"。"……你必须忘,为保持下一次的悲痛,也必须哭,为了忘得精美迷人,忘得彻底……"我喜欢他借用音乐来解释文学的空间,因为音乐和诗歌一样,都可以被叫做"动态的空间形式"。我以为,一部作品最终是"什么样的"?取决于它内部的基因。好像一棵树的生长,由内而外地被身体内的河流"修剪"成完美的形状。这里的"数学结构",确实基于一种"无意识的必然"——好像冥冥中作品自身的一种"决定",作家只不过是服从而已。但,这个说法并不在肯定昆德拉,倒是在否定他。因为,他的"七",已经不是作品内在生命的要求,而是一种外在的规定了。一部小说,可以与贝多芬的四重奏相对而谈,可要是部部小说都如此,那个"必然"就"无意识"得太无趣了!我的"数学结构"也很清晰,那是支撑每一部作品的骨骼(我称之为:作品内的"几何学")。它们的区别和联系,使一部部作品成为各有性格长相的人,而不是按图定制的固定僵死的东西。现在还没人从"数字"的角度探讨过我的作品,但那确实是一种把握结构的可能。比如《**Ꝑ**》中的"四"和"十六"(四部,每部十六节),独特处理"易经"的六十四卦;《大海停止之处》中的"四"和"三"(四组,每组三段),四个三乐章的协奏曲;《同心圆》中的"五"和"三"(五章,每章三部分),五种截然不同的"三部分"层层递进。甚至,《面具与鳄鱼》和《十六行诗》的共同数目:三十首。同样紧缩、限定的形式和同样的数字,相隔十几年再次重现,而且都紧接在一个庞大结构的组诗(《**Ꝑ**》和《同心圆》)之后。我整个创作的"轮回"还不清楚吗?

我已经强调过多次，在中文诗歌传统中，与我血缘关连最深的首推屈原。他的精神境界——尤其体现在《天问》中——以及用每一首作品"完成"一个主题的能力，令我叹服莫名。我们中有谁能像他那样在每一首新作中"再生"一次呢？如果说，李白、杜甫是飞瀑、劲松，屈原就是整座群山。近些年，也许因为在海外漂流的经历，杜甫诗作中那种沉郁之气，也对我多有浸染。我不只是说他写的题目，如流落异乡等等，更是指他把握形式的浑厚功力。读读七律《登高》吧，"无边落木萧萧下，不尽长江滚滚来"——你就能看见文字的声音怎样"画出了"图画："萧萧"（大片秋叶的干枯之声）"下"（向下发音的第四声说的正是"落下"）；"滚滚"（浪涛连绵翻滚的第三声）"来"（大江由远而近的第二声）！再看，"万里悲秋常做客，百年多病独登台"——真可谓一字一层悲：做客——常做客——在秋天常做客——在悲哀的秋天常做客——在万里之外的悲秋常做客；登台——孤独地登台——病中孤独地登台——不停的病中（多病）孤独地登台—百年（一生？无尽？）的多病中孤独地登台。《唐诗三百首》中评点此联"十四字十层"，当初读时完全不懂，现在不知是经历到了还是眼界高了，读到这里竟只能敬畏无言。也不只是我，上次伦敦国际诗歌节上，我选出此诗作为对我影响至深之作，加以讲解。之后几位英语诗人对我说："跟这样的诗相比，我们的写作简直是儿戏！"我只能回答："同意。"

我对你那些朋友之借用"乐府"很好奇，但似乎不想提什么"忠告"。古诗是一个太丰厚的资源，我们再撒开了玩，也离跨出一步差得很远。还是先尽可能敞开视野吧！我倒是有一个建议，写新诗的诗人们，不妨有时也写写古体诗，不是为了"摇头晃脑"，而是去占有深藏在汉诗中的技巧。还有一个"形似"和"神似"的问题。我欣赏的是"神似"——创造方式上的呼应——而不是表面模仿。对中文文字及其思维方式的大规模发掘发挥，才是中文当代诗的正路。这里，甚至包括对人性理解的新的深度。我坚持认为，有出息的中文当代诗，必须是一个全新的文学现象，而不会是早已写进课本的东西。从"五四"到现在，我们给西方诗人当"学徒"也当够了吧？！

不同的诗行设计，一定提供不同的节奏。它们甚至也在暗中"设计"你的感觉。我寄给你的几首三行诗（《绞架上的苹果》、《圣丁香之海》），三行的设计是基于韵脚的要求：ABA—BCB—CDC—DED—EAE。可以说，相对整齐的诗行（分节）安排，有利于韵脚的安排。而所谓"自由分行"，则较少束缚——常常等于漫无边际、松懈散乱。我的《水肯定的》那组诗，诗行安排颇为复杂。其中，直接描写"李河谷"的较自由的分行，和标以"离题诗"的有鲜明设计的诗行之间，突出了从视觉到听觉的大不相同的效果。"现实"无序而"记忆"整齐，是我整理了它们还是我被它们整理过？直到，结束全诗（全书）的最后一首《傍晚的某座庭院》，非最常见的，四行一节的格式莫属，因为正是它，才能把我们古往今来的感受整个抓住——

"再黑些 再拿走今夜 和几千年一起"！

⑦木朵：提到"诗的音乐"，我就不禁想起你的关于

"纯诗"的一席话："……但无论什么内容的诗，你都必须把它当作'纯诗'来写——追求节奏、结构、乐感、对比和运动、精确与和谐、空间的张力等等。"（《中文之内》）由此，我又回忆起瓦莱里《纯诗——一次演讲的札记》中的说法。他认为"纯诗"是诗人利用"普通的、实用的"语言来"创造一个虚构的、理想的境界"，似乎他这样给它下定义："在这种诗里音乐之美一直继续不断，各种意义之间的关系一直近似谐音的关系，思想之间的相互演变显得比任何思想重要，词藻的使用包含着主题的现实……"同时，他认为，"纯诗的概念是一个达不到的类型，是诗人的愿想、努力和力量的一个理想的边界。"在你和瓦莱里之间就"纯诗"的理解而言存在什么不同吗？又是什么力量使某些诗显得不纯?

杨炼：对我来说，"纯诗"不应该被叫做理想。"纯诗"是包含在诗之内，诗歌写作之内的一个层次——纯形式的层次。它是体现诗意的根本方式。某种意义上，它的结构很近似于音乐。但诗人又必须记住：它不是音乐。我们的经验来自生活的现实；而我们的语言先天的是视觉、听觉和含义的组合。它兼具造型和表意的功能，因而并非纯音乐。我恰恰认为，这种综合的、多层的"不纯"，构成了诗歌独有的力量！所以，诗无须嫉妒音乐，诗人也不必试图与作曲家竞争。但，我和瓦莱里仍有共同点，那就是强调对语言和形式的深究。每个真正的诗人都知道，当你读到一首诗时，你能立刻"听"出写诗者心里、笔下有没有音乐？有，这首诗就有"气"，迂回贯穿，源源不断；没有，就干巴巴的只是一堆意象的罗列。中文古诗的格律之精美，纯然是来自上千年诗人之摸索，直至建立了一套用平仄"作曲"的法则（法律）。谁写得"不工"就是错的！我们今天读"白日依山尽，黄河入海流"，可千万别忘记：除了视觉感，那潜在的、但也许更震动我们的，还有"平仄平平仄，平平仄仄平"——一个音律的层次呢！当然，可怜的当代中文，是被踢出了古典，又进入不了现代的一具怪胎。作为诗歌材料，这语言其实贫乏得不可思议。想想当年"朦胧诗"是怎样从窒息的宣传空话中挣扎出来的吧。我们口语中超过百分之四十（！）的翻译词和进口概念，简直完全与中文先天的感性无关。在这种情况下，我谈论"纯诗"，与其说是提要求，毋宁说更像一个警告——别高兴太早了，我们离"诗"还远着呢！跟我们相比，瓦莱里也许幸运些，借助于西方诗学思考的完整性，他谈的是一种语言音乐的"载体"，通过它，思想获得了推进的力量——记得我说过的"发展的能力"吗？——他最终的着眼点，仍然是思想。

在我的文章中，还提过中文"形式主义传统"的概念。与"纯诗"一说紧密相关，这里不仅是形式，而且还加强到了"主义"的程度。我憎恨"五四"以来，中国人不管是出于激烈或浅薄对自己传统的诋毁，尤其是假"激进"、"革命"之名，所行的"弱智"、"反智"之实。可实际上，潜藏于诗经、楚辞、汉赋、骈文、乐府、唐诗、宋词、元曲中那一系列音乐要素（"纯诗"要素），是多么宝贵的财富！对我们今天的写作，特别是对今天写作标准的建立，有多么重要的意义！我想说，对比于真正民歌的"非个人性"（这一点，已经与今天关于"人民"、"口语"之类权术空话划清了界限），诗人个性化的写作，一定隶属于一个"雅"的传统：讲究形式的精美文化的传统。而整个"五四"以来的反文化倾向，其实不反"痞子文化"，恰恰是在打倒支撑中国文化的那个精美层次。令人痛心的是，对这粗俗恶心的污染，连一些当代中国诗人也不能免疫，他们一开口，胃里立刻就泛出一股"痞味儿"！你曾问过我对"乐府诗"的意见，但别忘了那同时还有"宫体诗"呢，那种极精美加极颓废的作品，简直直指一种现代艺术！最近的《书城》（2004年9月）上，江弱水——顺便一提，我认为他是今天中国极罕见的真有诗歌见识，又会写文章的批评家——的《南朝文学：颓废的现代症候》是少见的关于这个题目的好文章。我唯一不同意的，是把"精美"、"颓废"和作品的"空洞"逻辑化地连在一起。事实上，正如文章的立意，当你是把南朝的颓废与波德莱尔以来的现代诗并论，那种"精美"就不仅不应该是对诗意的"弱化"，相反，应该是（必须是）表达强有力诗意的前提！我甚至认为，"颓废"应当是一个不折不扣的褒义词。是文学在超脱了衣食之忧、社会关怀后，一个自觉自足的境界。好的诗人，珍视的其实只有一件东西：创造的快感。琢磨一个句子，发现一个结构，枯坐终日与语言搏斗，那种绝对的"非实用"，正是绝对的美感。这颇有些像前朝遗老们整天坐在茶馆里，听笼子里一只鸟叫，他们甚至听得出这一声和上一声的区别！离开形式的讲究，诗就不存在；更谈不到诗意的深度。讲究，就要经得起把玩咀嚼——一首好诗，一定要"耐读"！看看名编《唐诗三百首》吧，我们后来捧为杰作的《三吏》、《三别》之类，一概不收！蘅塘退士的选诗标准清晰无比：诗处理形式的精美，正是诗人个性强度的证明。除此之外，废话免谈。

更进一步，中文诗学还碰到另一个层次的问题：从古代的文言到现在的普通话，中国文学文化传统，完全建立在一个人为的书写系统上。它自开始就与大多数诗人的真正"口音"失掉了联系。由于没有"格律"的束缚，现在的中文诗可以说根本就没有音乐。因为诗人写作时，只能聆听头脑里"想"的，而非血肉中"演奏"的声音，就像用学来的外语写诗一样！作为生在普通话里的诗人，我很遗憾自己没有第二种（应该叫第一种）口语，否则我无论如何会用那种语言去写——去探究一下剥掉表皮、搅动血液的感觉。诗之第一义，就在这个冲动吧：让语言找回血肉性命深处的源头！我曾经向不少朋友建议，别忘记他们的方言宝贝。无论多难，他们应该尝试用自己的方言写诗。哪怕只写几首，一定能体验出区别。有朋友说，根本没有表达某些读音的合适汉字，那正好，你就应该去发明它。去要求汉字追随方言的发音，而不是压缩方言屈就汉字！这就像欧洲当年从拉丁文的一统天下分化出现在使用的各国语言一样，在前中文地区，又出现齐、楚、燕、秦、川、粤、闽、沪……方言文学的"战国"争雄，想象一下那样我们能有多么丰富的当代诗！

说到底，谈论"纯诗"，就是为了强调诗的专业性。理由很简单，专业性糟糕的地方，就是"混混"的天下！标准不在诗歌之内，就只能让诗之外的说辞滥竽充数、鱼目混珠。最终，诗还是沦为不知什么东西！我对自己的要求就是这样，每一部作品，必须经得起形式上的审视；特别是，经得起自己过去作品的审视。如果是平面滑动，趁早停笔。我知道，那其实意味着无话可说——无话可说而赖着要说，呸，何止无聊，简直是无耻！

⑧木朵：谈到作为"形式主义与色情主义的宫体诗与骈体文"，我就想到你近来在写作的"艳诗"（或言之"情色诗"），它和一种褒义的"颓废"有关吗？在进入这个侧重点之前，什么发生了？按照你的一个说法，《Ｒ》的写作"完成了一种文学的绝境"，并且成为"下一部作品的相反前提"，正如你在一首诗中写道的"骸骨毕业于又一个零"。在你准备将"艳诗"作为一部诗集来写时，兴许能够找到一个明晰的头绪，此时，是不是你又一次"被逼入别的领域"？关于写作中的"难度"，你是倾向于避重就轻，还是举重若轻？就像江弱水认为的"诗的题材不断被前人写尽"，南朝的颓废和"情色诗"就成为符合这个时代特征的出路，提高或扩展诗写中的难度，是否也是谋求一条斜坡作为出路呢？

杨炼：其实我早就谈过，与其作家都写政治——可是只敢含沙射影、吞吞吐吐地写；都写色情——可是只会含含糊糊、不疼不痒地写，为什么不与这些题材来个素面相对？写他一个尽兴解恨？中国当代的东西，无论什么题材，都被处理得极其粗浅，擦边而已，全不到位！可文学作品如果不"到位"，等于不写。这就是为什么"政治"了半天，半个米兰·昆德拉也没有；"色情"了半天，一丝兰陵笑笑生、冯梦龙的毛也没沾！我更加不服气的是，谈到中国的古典，你几乎用得上所有美好的词汇：色情、颓废、高雅、精美，等等等等；可是一碰到当代，可怜巴巴地只剩下了"政治"，何其无趣呀，如果除了卖弄"苦大仇深"就没别的可写！这不是我反感"政治"，恰恰相反，我认为一个作家必须有很清晰的政治观点。但是，我上面说过的那种"政治"，不配被称为"现实"，尤其不配被称为有真正意义的"人生"。就生存状态言，那只显出了一个人的猥琐无能。就文学创作言，那种机关算尽和油滑，根本撑不起一件作品，充其量只算"社会主义现实主义"影响下一种对历史的肤浅利用，并不比我们见惯了的劣质宣传好到哪儿去！

所以，我完全同意你的说法：我的"色情诗"（请注意，我坚持叫它们"色情诗"，而不是什么"情色诗"。我需要它们直接而到位。如果你觉得以前发来的不够"色"，那好，今天再发给你几首看看）是彻底"褒义的颓废诗"。或者说，一个在当代重新发现的中国色情文学传统。我特别强调，相比较于其他一切标准，它们首先必须符合诗的标准。一首"色情诗"首先必须是好的"诗"，其次才是它的题材——色情。就是说，一首好的色情诗震撼你的，仍然是它发掘的人性的深度；它精美讲究的形式；它想象力的突破；它被完成的程度等等。我甚至认为我的"色情诗"，把我对人之存在的"从不可能开始"的理解，推到了空前的程度。说它们是被以前完成的作品"逼入了别的领域"，也对也不对。说对，是因为之前的《李河谷的诗》，确实把我直接的漂流经验处理得相当充分。在出版了《杨炼新作1998－2002》之后，我显然面临另一个阶段，一种新的开始。但另一方面，你又很容易认出《李河谷的诗》和《艳诗》的递进关系。"李河谷"是大地上的一道裂缝，《艳诗》呢，专注于人体上的一道裂缝。从裂开处窥视进去，同样是生命的漆黑的渊薮！我自己更喜欢把它们看作一个顺理成章的发展。这个过程是从《同心圆》开始的：什么是我的漂流呢？在《同心圆》那儿，是"世界"；在《十六行诗》那儿，是一个锁定的形式；在《幸福鬼魂手记》那儿，是消失和记忆；在《李河谷的诗》中，是畸形意义的"本地"。而到《艳诗》，就回到了一种"根"上：我们肉体的根——我们唯一的存在。佛家讲生、老、病、死四大皆空，是悟到了存在的极致。这就是尽头。与此相比，时间、空间皆为虚妄。我们的所谓流亡，也从未逾越这条肉质的界限半步。写到了这里，真的应该"绝处逢生"了！

我喜欢你提到诗的"难度"。诗必须有难度。难写而处理得棒，是我读诗希望获得的一大快感。"色情题材"就有这个特点。它太古老太美丽了，谁想给一座金字塔加高一毫米，都难上加难！同时，它又太新鲜太单纯了，每个人都只有把自己的肉体当作走廊，去接近那奥秘。男女两"性"，在交合的极端时刻，集大痛苦与大欢乐于一身。一张床，既像血肉模糊的屠场，又是羽化生仙的灵台。写"性交"不难，写出那种尽头上的大彻大悟很难，要想写出人在此受限中之大无限上上难！可是，相比于诗歌，以上诸难又很容易了。诗要处理"感觉"，而"处理"全在于对形式的控制。就是说，"色情"的极强极热的感觉，必须由"诗歌"写作的可怕冷静来控制——这儿的每首诗，都是一次封闭在静置容器里的氢弹爆炸！由此，"色情"的夺目题材，其实是被"诗"的写作过程抹去了。要说"难"，这场诗之内的搏斗才真叫难。在这儿玩"避重就轻"或"举重若轻"都不过瘾，最过瘾的，是把两头的分量都加足——强烈的色情、严格的形式——就像《艳诗》（三）那样，两个层次的隔行押韵（ABABAB CDCDCD……），一贯到底。内涵的外爆破和形式的内收缩，何止是"张力"啊，那才是诗人级别的得道"双修"！

我不甚同意江弱水的说法。"题材"是不可能被写尽的，因为诗歌的题材自古只有一个，就是诗人自己。活着、感受、提问、思考，存在就没有尽头。形式的精美化，不应该是内容空泛化的替代物。后来的中文古诗，形式固定僵死（注意：不是"精美"），题材单调肤浅，屈原"天问"之气丧尽，沦为官僚的玩物、谋生的饭碗，是"儒家"文化、思想大一统的恶果。诗的灵魂被抽空，诗之躯壳焉得不死？我们得客观一点，请问今天的中文诗"写尽"了什么？说实话，我们离"写尽"任何东西都还差得太远！二十世纪八十年代的社会化、群体化"思考"，九十年代以来商业化的愚蠢"追求"，唯一显示出的，是我们所处的文化低谷有多么低，却和写作上的"百尺竿头，更进一步"毫无关系！在我看来，大多数诗人，苟延而已，哪儿知道什么"时代精神"？又从何去"写尽"？在这一点上，你的以难度为"斜坡出路"之说，简直是太太过分高抬我们的写作了。相反，我说我是在一步步地"跋涉进"这色情诗的精美绝境中去，倒更像实事求是。

⑨木朵：是否"纯诗"还指"思无邪"，对于诗，诗人

没有太多功利心，在诗自身的范畴内自娱自乐？"谁知林栖者，闻风坐相悦。"关于"口语"，坊间以之入诗或以之为诗者蔚然壮观，乃至细分出少许流派，由于"口语"俯拾即是，导致不少初学者常常莽撞地以为抓住了诀窍。对于"口语"诗的写作，你认为其中存在怎样的危险？关于"色情诗"，早已不是什么秘闻，此前有"下半身"的崛起，而且一直以来诗人们没有放弃对它的热衷，但是要做到"强烈的色情、严格的形式"兼备，也是不小的挑战，舍此，是否还有更高的奢望？你是否注意到自己拥有了一种"既定风格"？是否同意"诗歌是一种慢"？你写作当中会遇见来自哪里的焦虑？

杨炼：写诗而心存"功利"，本身就是一个笑话。如果"纯诗"的概念，还得照顾到这么低的层次，我们在这里也真在对牛弹琴了。诗之"纯"，倒不一定非得"自娱自乐"，李白、杜甫们的互相欣赏，甚至暗含在"唱和"中的竞争，都是乐趣的一部分。诗人是这种动物：天生有一决雌雄的冲动！这冲动远超过实用价值，你说瞄准了屈原、但丁有什么"功利"可言？它真正的满足，建立在一种精神竞争上。一个意识清晰无比：诗，没，有，时，间——因为人的根本处境从来不变！古往今来的大师都在他们的杰作里活着。他们写出的深度、他们创造的形式，只要令我们感动震撼，就都是现在的，我们就在和他们较劲，不管在这比较我们处在什么劣势！就像我读屈原诗，对他绵延千古的必然且绝然的孤独，真有一种"相悦"——也可以叫"安慰"吧！

关于"口语"的诸多谈论，在我看来，足以称为当代中文诗意识之差的一个标志。诗什么时候是"口语"的？白话诗句看起来的"通顺"就是口语？那意象和意象之间、句子和句子之间的跳跃怎么解释？段与段之间的空白呢？谁要是在口语中那样说话，不被当作疯子才怪呢！我以前讲过，"口语"和听腻了的"人民"一样，纯粹是一句空话。谁知道什么是"口语"？谁能代表"口语"作出判断？没准正义为谁都不知其所云，才好拿来骗人唬人。归根结底，这些"口语诗"——"口水诗"是"五四"以来的粗陋的文化虚无主义的嫡传。要不了多久，就会像可笑的"文革文学"一样，萎缩成历史博物馆里一个荒诞文化的标本。号称"辉煌"的中国文化，终于该悟到自己的真正价值，停止玩这种自欺自毁的游戏了吧？写作是一件严肃的事。其中绝无捷径可言。对此的忠告只有：把经典之作，读深一点，想深一点。归根结底，问题不在你用什么"语言"写——口语、白话文、文言文、甚至外语——问题在于你的"写"有没有任何文学意义？威廉斯·卡罗斯·威廉姆斯的《红色手推车》曾经是所有"口语诗"的开山之作，这首诗的"文学史意义"也就在于此。作为诗本身，那并非杰作。可是我们那些俯拾皆是的"口语诗人"呢？那些堆积成山的只有"口语"没有"诗"的写作呢？意义在哪里？常常是，文学意义的缺席，只有由人际关系来填补，于是或拉或打，或捧或骂、争先给自己"盖棺"——一副心虚气短的症状。这个例子，很可以看出中文诗这些年来"零积累"、甚至"负积累"的原因。不过，这对别人倒不"危险"，无非浪费一点"诗人"自己的生命吧。

我早已说过：诗歌的题材一概不重要。写"色情诗"和写别的诗一样，关键在你能否从"感觉"里提炼出一首诗独特的意识和形式；并经由它们，写出某种人性的深度。"喷得好深啊 命中要求存在的/白花花的粘液 粘合早已不在的/叫着成形的下个世纪正涌进第一天"（《海鲜》），你说这是色情诗或就是"诗"？我反对任何题材的招摇，包括"地下"、包括"流亡"，因为对题材的"强"调，经常是诗作之"弱"的标志。我认识"下半身"的诗人们，但我认为那只是一个阶段的策略性口号，不必过分重视。倒是在"强烈的色情，严格的形式"要求下，可以产生精彩耐久的作品。我强调题材的"不重要"，是因为由此才突出了"写作"本身的重要。题材，仍属于"不纯的"因素；它的意义，是引发、唤起、监督、形成作品内"纯的"东西。确切的说，是一种借"诗"还魂——借诗歌的形式而存在的"精神性"。如果说诗人该有什么"奢望"的话，对此"精神"的追求才是要点。从屈原开始，每个诗人一生都在写自己的"天问"。那个追问之"天"，从来不在别处，就在自我之内。一个无限开掘的自我黑洞，足以囊括外在的宇宙。铆定了这一点，创作之思、之能量就源源而来；与古典杰作间的对话就深而又深；一切表面的界限、区别就烟消云散。当代中文诗人"必须"把自己训练成杂食、杂交的动物，当之无愧地成为"杂种"——精选中西、古今的一切好东西，把它们统统吸附到自己身上。这是我们这个貌似平庸恶俗的时代提供的绝无仅有的最佳机会。今天，要当一个好的中文诗人，你必须是一个思想巨人，小一点都不行。

我在这里的全部谈话，都以我的三本书为基础。要真正读懂它，没别的办法，你必须去找到那些书。它们是：上海文艺出版社1998年出版，2003年再版的两卷集《杨炼作品1982－1997》（诗歌卷"大海停止之处"；散文、文论卷"鬼话、智力的空间"）；和同一出版社2004年版的《杨炼新作1998－2002》（诗歌、散文、文论集"幸福鬼魂手记"）。这些书里包含了我过去二十年的作品，它们早已离开了《诺日朗》的阶段，而把我在中国、在海外的经历组成了一个新的整体。我的生命之路，就是由这里的一部部作品完成和落实的。说实话，我从来没有过分关注过自己是否建立了某种"风格"。我关注的，只是自己精神世界的发展——有了这个能源和对它的竭力表达，"风格"是自然而然的事。况且，我还经常有意去"破坏"某种既定成形的东西，以刺激出人意料的生长呢！在《幸福鬼魂手记》的封底上，你能读到一句话："你必须把杨炼二十年的创作读成一本书"，那意思是：我的每一部独立作品，又被变成我整个创作中的一章，一个个"章节"共同地、有机地加入我一生的写作，就像一位音乐家最终给每件创作编号那样，它们间的贯穿和对比，终于构成了"一件"作品——一本我的自我完成之书。把我刚完成的《艳诗》，放在这个二十年作品的背景下，你才能看出它的来龙去脉。特别是它作为"诗"的有机追求。但它不是终结。它仍然会被我的下一部作品变成过去的一章。我那三本书共一千三百余页作品，是我在中国读者视野里消失近十年后，几乎"一次性"的呈现——现实多么反讽地套用了我"取消时间"的观念！——就像用一个目的地，一次性取消了波澜壮阔的航程。它的好处是突出了一种空间感，像建造一座城堡似的，让作品、思想、批评互相拱卫。但缺陷在于，一个漫长的、艰难的，经常是失败的创作过程也看不见了。"我"也没有了时态，仿佛在模仿中文动词的特性！谁知道呢，哪天我愿意，也许再反其道一下：把这些诗重新出版一次，并且都清清楚楚表明创作日期——用强调时间突出时间的空幻！哦，挖掘诗意的可能性实在无穷无尽！

对所有朋友和我自己，我要说的唯一一句话就是：沉住气。诗歌不是"一种慢"，恰恰相反，它太快了。那意象思想之间的倏忽转换，快不快过光速？也许正因为如此，诗人必须学会慢。下笔写一个句子慢，决定一个构思慢，选定新的主题，提出新的形式要求更慢！我自己就常用迪兰·托马斯枯坐整天与一个句子搏斗的例子自我安慰。诗就是这样"磨"出来的！当我说，诗歌写作是"一座向下建造的塔"时，我是自信的。因为我们的语言太独特、现实太深刻、文化资源太丰厚了，只有诗人不过分无能，这座塔先天的高度就够令外人头晕目眩了。就算没有很强的文化地基，凭着诗歌的一层层追问，我们也能建造它。我庆幸我自己拥有一种丰沛的状态，充分地活着，充分地思想着，充分享受写作的乐趣和痛苦。但如果哪一天，这种种"充分感"突然没了，一条河断了水源，窄了，干了，那必定是我内部出了问题。万一修不好呢？只好搁笔改行，另学一门手艺。可惜，太晚了吧？这，就算我的"焦虑"。

答意大利译者鲍夏兰、鲁索问

一、什么是当代中国诗的独特性？

　　大陆当代诗，指以"文革"中"地下诗歌"为发端，一九七九年后，通过一些民办刊物公开出现的中文诗。

　　它存在的形式，也同时显示了它的两大特点：

　　第一，个人生存的深度。是"生存"，而不仅是"政治"。当代中文诗诞生之初，就基本抛弃了中国政治语汇、逻辑及其表述方式。"政治"，最多成为反衬诗歌生命的一个背景、一种色彩。所以，一般的社会政治问题，从未直接成为中国当代诗的主题（相反，它常是"社会批判诗"的主题——一种"社会主义现实主义"的倒影式模仿）。而当代诗表达生存感受的基本方式，是个人化的，而非社会化的；是具体的，不是抽象的。痛苦、失望、变幻、命运，深深浸透一个人的生命和记忆，远比"政治"二字包含的更多。在这儿，我想特别强调"深度"一词——我不想说，中国当代诗是世界上最"深刻"的文学——但，它的确普遍拥有严肃的"生存感"。也许现实不容回避，历史无尽轮回，使生命如此触目的既沉重又空白。彻底的压抑，以至幽默都成了过分的奢侈。我们的诗中充满"黑暗意象"，因为语言必须与冷酷的世界相契合。可以说，我们从来是由自己的切肤之痛中，学习领悟人之存在的。

第二，从中文语言特征内产生的现代诗意识与形式。我们对中文的态度非常复杂。一方面，深深感到历史与文化渗透在语言内部的压抑；另一方面，又强烈地被它独特的美所吸引。仿佛命中注定了，我们别无他途，不得不试试在自己身上重新创造一个传统，让曾经陷于僵死的，经由我们的创作，活起来、流下去。庞德对中文古典诗的介绍，曾引发了英美"意象主义"诗歌；意大利诗人蒙塔莱也谈过："中国古诗抗拒一切翻译。"而"朦胧诗"，其实只是诗人们初步的尝试，寻回中文文字独特的表现方式——且远不够成熟——却引来了轩然大波。对我个人来说，一九八五年后（"朦胧诗"的起点之后），当代中国诗，在"诗"本身的探索上要有趣得多。早期零散、单个的意象，被一些诗人纳入结构，组合成复合的意象。中文文字的视觉性、动词的非时态、无人称句式以及词位置换的灵活性，都有意识地运用，产生了我称之为"诗的自觉"的一些作品。它们当然不是西方的，但也同样不止是中国古典的翻版。它追求"表现"，因而是诗。它表现的原动力，是生命对自己一代代白白流逝的质疑与反抗。重新发现传统和表达今天的生存，在一个诗人那里正是同一回事。

二、谈谈对中国传统诗歌和思想的看法

对我来说，至少有两个"中国传统诗歌"。一个是由《诗经》发展下来的抒情诗传统，其特点是：短小的形式，精炼的语言，意象性的描写诗人某一刹那的感受；第二个是由屈原所代表的《楚辞》传统，特点是：神话或史诗性的结构，诗人的主观世界被转化为客观的形式——一首诗，自觉构成一个自足的世界。犹如但丁的《神曲》。可惜，这种诗歌形式，要求诗人自我（包括对"自我"之质疑）的深邃和丰富。《楚辞》的传统，自汉朝"独尊儒术"的文化专制之后，日渐衰亡。以后的四言、五言、唐诗、宋词，基本上是《诗经》传统的延续。想想两千年来，无尽重复的有限主题吧：感时、忧国、伤春、闺怨、离愁、别恨……而屈原的《天问》——问"天"：数百个质问（没有回答），自宇宙初创问起纵贯神话、历史、现实和诗人个人生活，唯"天"是问。且比一切答案更深刻的，以问题"回答"问题。在大一统专制制度建立后，这已完全不可想象。明清以降诗人唯一的才能，只能表现在圆熟而平庸的诗歌技巧上，亦步亦趋于平仄、对仗、曲牌、词调的完善格律。中国传统抒情诗，终于堕落为每个略有教养的士大夫的点缀和玩具。

我个人的诗歌血缘，无法简单地"嫁接"在传统诗歌上。一九八二年，我写了论文《传统与我们》，反对因袭传统与盲目"反传统"两种简单化倾向，并提出：一个诗人，必须以自己最富于个性化的创作，丰富和发展中国诗歌传统。创造应以独立思考和怀疑一批判精神为前提。这也是一种当代的

"天问"精神吧。我命定的语言，中文，要求我"浸入"语言之内，去反省生存的一切层次。而"诗"的本质，又要我"出乎其外"，探索另外的可能性——我个人更乐于继续屈原的诗歌意识，建立自己的诗歌世界。可惜，到今天为止，这位"但丁"，还只象征着一个辉煌古文化的末日。到今天为止，先秦"黄金时代"之后的诗人们，还没有一位写出过足以在精神境界上与《天问》、《离骚》、《九歌》相媲美的诗歌。

三、谈谈对当代西方诗的看法

由于语言的障碍，我不可能直接阅读西方的当代诗。但出国若干年，广泛接触了欧美许多国家的诗人，再通过阅读译作，也可以获得一些印象。比较于二十世纪初诸多现代主义大师的作品，当代西方诗显得更犀利、更活泼，少一些受难式的崇高，多了对现实直接的参与。与当代语言哲学相呼应——也许应当说作为当代语言哲学的先导——当代诗特别关注对语言和诗本身的思考（如美国的"语言诗"）。六十年代之后，诗人已不再顾及"东方"或"西方"这些划分，只要能表现自己，任何语言都能为我所用。只要能成为我自己诗歌意识的元素，任何时代的思想都是我的资源。于是，曾经是"三位一体"的语言、自我与时间，曾经被"历史"一词捆绑的进化概念，再次成为供诗人取舍的材料——"纯粹"不再是至高无上，"复杂"却理所当然。也许由于中文先天的疏离，我发现，我的一些诗作颇与上述诸点暗合（如《与死亡对称》中不同诗体和语言的"互相发现")。不过，我同时觉得："二战"后欧美的当代诗，从创新的气魄上，不如二十世纪初的大师们（叶芝，庞德，艾略特，瓦雷里甚至里尔克），这也许因为任何文化都有"休眠期"，但同时，也与"后现代"之鼓吹"诗不追求深度"不无干系。与欧美相比，我更喜欢一些"边缘地带"：如拉美的西班牙语诗、希腊的当代诗、甚至非洲的英、法语诗，它们对中文当代诗的启示是，一个处在"转型"关头的古老文化，因其"断裂"而施放出加倍能量。颇像欧洲本世纪初的文化场景，但当然也非欧洲历史的重演。总的来说，我喜欢欧洲文学的深度，和"边缘文学"的生命力。还认为，好的中国诗人有可能综合这两者。只要，我们不盲目追赶时髦（那很可能正是一条死路），而铆定追问自我的航向，我们总有一条自己的路，到达古往今来"诗"不移之处。

"后锋"写作及其他
——和唐晓渡、张学昕谈八十年代以来诗歌创作

张学昕： 面对你们两位，我不由自主地想到上世纪80年代的中国诗坛。我知道我们已永远无法回到那个历史现场，但是，像我这样80年代初上大学，强烈地感受过朦胧诗潮和文学氛围的人，还是对那个岁月满怀眷恋，所以现在就会有一种虚幻的感觉。杨老师被认为是朦胧诗的代表人物之一，是当时在场的参与者，唐老师也是如此。如今，距离那段历史30年后，我看到杨老师的时候就感觉您像个活化石一样，那种历史的沧桑感是跨时代的，因为正是你们的诗歌凝聚起了一代人的文学记忆。所以我想还是请你们两位先回忆一下80年代的基本生活和写作状况。

杨炼： 不是活化石，应该说是像化石一样活着。你选择今天的日子来做这个采访，极有历史价值，并不是因为奥运会，而是因为1988年8月8日是我出国的日子，到今天整整20年。对我来说，这个日子既有公众寓意，更有私人寓意。实际上，我觉得我们今天谈80年代是合适的。因为，只有30年之后的现在，

朦胧诗也好，当代中文诗也好，可以让我们冷静地回顾的时候，"谈"才有意义。是反思和清醒自觉地评价，而不只是浮泛地怀念它。就我本人而言，如果说我从1978年《今天》创刊的时候算正式开始写作，到1988年离开中国，这是十年。然后从1988年8月8日到今天又是整整的20年。这个回顾必须放在这样一种时间划分中来看。无论别人怎么样看，我自己认为，80年代只是我开始写作和逐步成熟的阶段，一个学习阶段。但，从我出国到今天这20年，某种意义上是我的成熟阶段，或者说真正创作的阶段。我不想把开场白说得太多，但是有一点，我认为很值得注意，朦胧诗的一代，虽然现在年龄只50多岁，老一点的像北岛已接近60岁，正值一个诗人最具创作力的时候。我是说，生存经验最丰富，思想最深刻，写作技巧最成熟的时候。但很遗憾，我们中的大多数，已经停止写作了，这也包括在重复自己意义上的实际停止。我希望我在这个意义上仍然可以成为一个幸存者，就像当年晓渡、芒克、我，我们1987、88年在北京成立的"幸存者"诗人俱乐部，那个名字的意义是，在我们从地下到地上，从不能出版到出版，从中国到出国，甚至从无名到出名（世界性意义上的）后，还能成为一个幸存者——继续严肃的诗歌写作。我希望我今天还能往前走，而不管我们这拨人如何纷纷中箭落马。中国人不乏聪明，但常常反被聪明误，浅尝辄止。中国诗人能够有耐力走出一个历程，抵达真正思想深度的，少之又少。

张学昕：当时怎么想起叫"幸存者"？

唐晓渡："幸存者"就是我们两个人这样说话说出来的。

张学昕：我在想这个问题，那个时候你们为什么纷纷都出去，而且都是在1988年前后，你们那拨诗人为什么都要到海外去？

唐晓渡：跟写作没关系。已经到这份上了，国外的邀请纷至沓来，玩玩去呗。

张学昕：八十年代有本诗选叫《五人诗选》，收入了北岛、舒婷、顾城、江河、杨炼。我们这些人在大学里讲《中国当代文学史》的时候，在讲80年代诗歌的时候，尤其"朦胧诗"的时候，都是围绕你们这5个人展开的。

杨炼：我觉得不必过多理睬这些所谓的选本。因为当时中国有很多局限性，历史的、社会的、政治的，同时别忘了语言和写作观念等等。那些选本将来都不足以作为一种历史标志来对待。朦胧诗其实从来不是一个美学概念，也不是诗的概念，很可笑。当时这命名纯粹是对现代诗的批评，不好懂、晦涩。因为"朦胧"这个词比较中性，渐渐竟变成一种褒义的名称。但实际上到现在为止，我觉得还从没有一个诗人把"朦胧"作为一个自己独特的美学或诗学概念来看，像当年意大利蒙塔莱们提出的"隐逸诗"那样。"朦胧诗"本身就是社会学和诗学的观念混淆。就像刚才晓渡说的，既然理解混乱，那么更有必要把这个名称下比较清晰的成员、作品作一个梳理。从出版物上来说，《新诗潮》，上下两册，确实不错。可以说是这批人，从地下到地上的标志出版物。

唐晓渡：关键它不是铅印的，它的出版还是一个民间的形式。但是，是它把这些人聚到一起去的，概念有点像谢冕的"新诗潮"，但是它分为了上、下两卷，上卷是《今天》这批人，下卷是后来的，是第一届青春诗会。提出朦胧诗概念的这个人，叫章明，它写了一篇文章叫《令人气闷的"朦胧"》，后来朦胧诗因此得名。他举例子批评的两个人是杜运燮、李小雨。这个朦胧诗概念是莫名其妙的，它不是一个风格概念，但实际上，后来是被当作风格概念使用的，而它的流行呢，不是说有一帮人要写朦胧诗，而是反对它的人，使得这个诗叫朦胧诗。

张学昕：当时这些人，一看这样的诗就有些发晕，他们确实不能明白，为什么会出来这么一种东西。就像是一个怪兽突然地跳出来，但跳得又不是很高。

唐晓渡：这就是刚才杨炼说到的起点太低了，因为批判者举的杜运燮这个例子很清楚，这诗名字叫《秋》，里面有一句"连歌哨也发出成熟的音调"，这个让他觉得莫名其妙，难道连歌哨还分幼稚和成熟吗？指责李小雨的是《红纱巾》，这个最多是后期浪漫主义作品。这在我看来很奇怪，就是当时，这也没有什么看不懂的，但是那个时候就是——

张学昕：显然，那是欣赏水平很低的一个时代。且不断发生社会语境、文化语境方面的变化。很多问题无从把握的。

杨炼：我们可以把"朦胧诗"出现之前的时期，简称为"非诗的时代"。非诗，是因为政治宣传话语统领一切。更可怕的是，人们已经忘了原本能怎么用语言朴素地表达自我。在这一点上，"朦胧诗"带来了根本的变化。当年的许多朦胧诗人互相并不认识，但却做了同一件事，那就是把作品里"社会主义"、"资本主义"、"唯物辨证法"、"无产阶级专政"这类空洞的政治大词删除出作品，而代之以具体实在的太阳，月亮、土地、水、自然、黑暗、痛苦……这些可以摸得到和能用来思想的词汇，这恰恰如马拉美所说，是在"净化一个部落的方言"。也恰恰是这个纯净的语言，突然令习惯了"万岁"或"打倒"的人们看不懂了。没有了标语口号，没有了"灌输"，他们突然觉得头脑空空，好像不知道诗歌语言在说什么了。这在今天看很可笑，但由此可见当时"非诗"的程度。

唐晓渡：从教育的角度来说，从50年代，实际上从延安时代就已经开始了，但那个时候毕竟只局限在一块地方，但是后来到五十年代，是整整这一代人就这么下来了，这些人就是用这种阅读的标准和趣味培养出来的。1980年的"朦胧诗"一个美学上的意义就是回到你个人的真实思想和感觉，不是被一只手操纵着，被一只装在内部的小喇叭影响着，而是回到了自己的情感和思想。另外在语言上，说专业化一点，就是诗开始重视能指和所指的关系，僵硬的关系开始松动，能指开始显示出它的重要。像前面提到的批判朦胧诗的人认为好的诗，能指和所指只有一种关系，如果出现了两种以上，他就不懂了。

张学昕：可以简单地说，80年代"朦胧诗"最大的贡献就是文学开始重视语言了。实际上，语言问题是诗歌最大的问题。

杨炼：如果把80年代之前概括为"非诗"，那么从80年代初的朦胧诗开始就有了诗。有关"朦胧诗"之争，可以概括为"非诗"和初期诗的争论。从朦胧诗开始，我们有了一个"当代中文诗传统"，所谓"后朦胧"、"第三代"等等我们之后的写作者，他们考虑的，不仅是怎么跟标语口号拉开距离，更重要的是怎么和"朦胧诗"拉开距离，也就是把我们这些人的作品作为他们的起点，构成他们诗歌寻找自我的参照，甚至挑战。在这个意义上，我希望把80年代到今天这30年来的"当代中文诗歌传统"，称为一个单独的"传统"，而不简单列入中文诗歌传统的总称。因为这个"当代传统"必须面对的问题远比古典诗歌复杂：它使用的语言，貌似汉字但观念上已被彻底改造；它既得思考如何衔接汉语古典血脉，又必须经受人类生存经验大大接近的当今世界的阅读；它至今还在摸索思想和美学上的判断标准。和这些纵向横向的任务相比，三十年的时间太短了，但诗歌的难度和强度又要求极高。这或许正是我们写作的有趣之处。

张学昕：那时候的诗歌，包括朦胧诗，跟西方诗歌的关系非常明显，它们是否构成了我们写作的资源呢？可不可以请两位谈谈这方面的情况。

唐晓渡：实际上，这方面资源是很有限的。应该说，从80年代开始，整个的注意力有一段时间是非常集中的，对西方诗歌非常关注。但当时能发表外国诗歌的杂志没有几个，《诗刊》会发一部分，还有《世界文学》、《外国文学》和《译林》。就这么几个杂志，很有限。那个时候，钟鸣编过《外国诗》，这个完全是油印本，最开始我看到史蒂文斯的诗，塞尔维亚·普拉斯的诗，迪兰·托马斯的诗，都是在那上面。

张学昕：那个时候你们对西方诗歌的阅读就相当系统了吗？

杨炼：这个我觉得要讲得比较系统一点儿。第一，朦胧诗人的写作，直接受到西方诗歌的中文翻译的影响。早期的北岛、多多、食指他们，显然俄罗斯味儿很足。他们当时有个便利条件，就是在北京地下文学圈子里，流传着一大批"文革"前出版的内部出版物，简称黄皮书，其实有黄皮、灰书、白书三种，他们可以看到艾吕雅、阿拉贡、聂鲁达等西方左派现代诗人，很多有超现实主义倾向，特别是戴望舒翻译的洛尔加，堪称中文诗"意象"的创始人！还有叶甫图申科，把社会批判味道加入进来，就形成了典型的"社会批判 + 浪漫情愫 + 意象游戏"的早期朦胧派。当然，某种意义上还有波德莱尔，但数量很少。

唐晓渡："文革"以前，包括波德莱尔都已经出了。艾吕雅杂志上也介绍过，还有像惠特曼和一部分的聂鲁达。那个时候对这批人影响比较大的是洛尔加和惠特曼。

杨炼：我的意思是，"文革"前有一批出版物，作为外语诗歌的它山之石，很深刻地影响了一批诗人。我们开始写作的时候，每个人都有若干个小笔记本，凡是大家找到的金玉良言，哪怕一句，统统抄下。我记得陈敬容翻译的8首波德莱尔，形式感特棒，我们讨论时，像对小圣经一样虔诚，后来我见到陈敬容时专门提到过，她特别感动。这是手抄的时代。80年代以后，中国掀起了翻译潮，哲学、文学、包括现代自然科学都进来了，庞德的意象主义理论也被引进，这使朦胧诗观念的零散状态，最初获得了某种理论上的把握。

唐晓渡：到了80年代，还有一本书是很重要的，就是袁可嘉先生编的《外国现代派作品选》。刚开始，诗特别多，第一卷的上下分册，基本上把前后期象征主义、意象派都介绍了，像叶芝、艾略特的《荒原》。这其实应该说影响很深远，尽管有人反复去讲现代主义在中国的误读就是从袁先生开始的，误读其实没什么不好，那时候你一定是从自己的需要，自己的经验来读诗。谢冕很喜欢说朦胧诗继续了"五四"新诗传统，实际上从文本上来说，没有这个很直接的关系。我们还记得，1983年在小圈子里才谈到穆旦。当然艾青是有一定的影响的。比较说，黄翔很明显地受到了艾青的影响，北岛早期诗歌也有艾青的影响。但是就那么很少的因素，要是说从文本风格上来说，跟"五四"一代诗人没有什么关系。

张学昕：从一定意义上讲，诗歌与时代的关系究竟有多大，恐怕还真的不好说。

杨炼：以时间和历史来划线，不一定有什么诗学意义。论诗一定要深入比较，找到作品之间联系在什么地方，区别在什么地方，一个诗人的创作跟时代和语言的关系是什么，甚至一部作品在他全部创作中的位置，等等。如果说我们跟屈原有关系，只因为我们都是中国人（且不说何时才有"中国"这个概念），那是空话，没有讨论的实际意义。

唐晓渡：这个是有道理的，第一就是从自主到自律的意义上，应该讲80年代诗歌和新诗是接上的，本来写新诗的诗人在一开始的时候是很有意思的，它跟传统中国诗人的身份是不一样的。那个时候传统诗人都是官僚体制的一部分，他们本身也处于文化中心的位置，因为他们本身都是官员。这个都是从明以后，慢慢地，诗人开始边缘化。可是总的说来一直到民国以前，"五四"以前，诗人背后是有体制的，到"五四"情况就比较复杂了。总的来说，身份开始变成个人色彩越来越重了。但后来体制实际上又接续上了以前的传统，诗人又成为作家协会的成员，还出现了驻会作家、驻会诗人这样体制化的称谓，这就把自由让度了出来。

张学昕：那么，像学校中的一批人，还有包括留洋回来的，比如戴望舒、冯至、前期的艾青，他们还是自由写作吧。可以说，他们基本上不受体制的局限。可能是后来就越来越难了。那么这批人大概是说不上什么特别的，本来现代诗歌就是这样的状态。

杨炼：诗歌本来就应该是独立思考、自由表达的产物。这是它的本性，这根本不是诗学观念的问题，这是最基本的起点。我们的麻烦是，经常不得不把"零"当作目的来追求，这是非常可悲的。

张学昕：这原来是负数嘛！

杨炼：对，原来是太大的负数，以至于"零"成了很高的目标。但80年代以后，一些诗人获得了比较清楚的自觉。谈到80年代翻译潮，也不该忘了我们的《20世纪西方大诗人丛书》，当时对外语全然一窍不通的三个人，晓渡、刘东还有我，却胆敢当了主编，而且编选的篇目，到现在为止还认为很棒。其中有叶芝的《幻象》、艾略特的论文集和传记、迪兰·托马斯诗选、史蒂文斯诗选等，都是首次集中介绍这些诗人。虽然现在看，译文有相当大的问题，但那时饥渴感很强。这套书从传记、思想文论、作品、评论，四个板块来发展，本来大有可为，后来中断了，很可惜了这个有相当分量的构思。

唐晓渡：40本书目列出来，20本已经开印，包括后来出版的6本，前面译了10本，后10本全都下了单子，译者们全都在工作。我最近把其中的两个加着给出了，一个是泰戈尔的《生命的实现》，我把它放在新版的《泰戈尔诗选》中出版了，把帕斯的《变之潮流》放在了《帕斯文集》里面。

杨炼:九十年代,我到了英国后,手上没书,但一次在艾略特奖发奖仪式上,艾略特的妻子也在,我告诉她,我们出版了艾略特的书,她特别激动,她从来不知道艾略特的书和传记在中国出版。她问我能不能给她一本,我说我手上没有,可以帮着找,但后来可惜没找到。上个月中英诗歌节威尔士活动后,我们参观了迪兰·托马斯的故居博物馆,晓渡和我也对他们提到《迪兰·托马斯诗选》,那也是到现在为止他唯一的中文译本。

张学昕:我们这个历史真的是非常有意思,我觉得80年代,中国诗人受到了西方的现代写作的启发和影响。但我们始终要记住受启发的是西方诗歌的中文翻译,实际上当西方诗歌翻译成中文的时候,它已经是汉语诗歌宇宙的一个有机部分了。

杨炼:是啊,实际上,强调"中文翻译"就是在强调汉字的特性。不能忘记"中译"已经是一种中文表达了。就是说,我们以为是一块它山之石,但其实,它一点不遥远,攻玉的过程,正是我们对汉字,中文文学传统进行再发现这样一个过程。记得80年代我们已经开始认识到,其实所有外来影响,都落实到一点,就是站在世界哲学和美学层次上,完成对自己传统的再发现。我觉得当内在的知识被启动以后,中国诗歌就不再是外语诗歌的一种鹦鹉学舌。在最佳状态上,它应该贯通中西两大文学资源和思想资源,而成就出一个独特的东西。这个意识必须很清楚。

唐晓渡:你说到底,这个攻玉是攻自己。很多人很奇怪,就是把当代诗歌看成是西方诗歌的衍生品,把古典诗歌看成中国当代诗歌,这很有意思,从西方来说是这样一个视角。比如在手法上，主要是语言，特别是涉及到诗歌理念的时候，他就认为，有很多手法都是他们玩过的。他们要寻觅的是这方面的难度。而朦胧诗寻找的还是政治和文化信息，对诗歌本身是比较忽略的。

张学昕：还是当作一个宣传载体，还是这样来对待你。

唐晓渡：这已经是到1988年的时候了，那个时候想做"后朦胧"。加拿大汉学家和四川这批诗人一起同吃、同住、同玩，然后翻译了一大堆东西。这个工作应该说做得很踏实，喝了酒以后，他就跟我说："我老实跟你说，这些诗作为诗本身，我一个都看不上，没意思，但是我……"他说的是真话，他平时是最不善于表达偏见的人。但这时候，他是一个诗人。在这点上，回头来看80年代，我始终持一个批判接受的态度。因为实际上，有西方误解我们且不说，他们有肤浅的东西这是一方面，但是作为中国作品来说，在自身哲学和美学上，哪怕就是朦胧诗玩点意象的加减乘除，这种四则运算做得也不极端。而我认为，写作，尤其是原创的东西一定要极端。什么叫极端？七律叫极端，平仄像作曲法一样去规定，用错平仄就淘汰出局，这叫极端；对丈叫极端，硬性规定中间四行要对，杜甫八行流水对，"镣铐"越严格，你的"舞蹈"越漂亮，你的作品就越极端。所以蒙塔莱才说："中文古诗拒绝翻译，就是因为在汉字美学的发挥上达到了极致。"当然我们今天不是用古体写诗，虽然本人坚持，好的诗人都要写一写古诗。

张学昕：哈，我儿子张博实今天下午还问我，杨炼老师为什么不写古体诗。

杨炼：哈，我当然写，只不过主要是作为一种技术训练而写。比如我在美国时，给一对台湾老夫妇协了一首古体诗，其中最后一联是"寒士终须凉红玉，白兰地里黑狗兄"，第一句字面意思是寒士终究还要喝红葡萄酒，但句内镶嵌的谐音是"韩世忠"（需要）"梁红玉"，那对宋代的夫妻将军，隐身再看不见的深处。下一句，"白兰地"加个"里"就变成了一片土地，而"黑狗"在台湾话是"帅哥"的意思。这里，视觉、听觉、典故、平仄、方言、玩笑，统统包括在技巧之内，玩到极致时，令译者绝对望诗兴叹，这就是我想追求的中文之极端。最近，我们在黄山、英国分段举行了中英诗歌节，其核心项目是中文诗人和英文诗人对译作品。那个逐字逐句、一个个意象、一种种形式的细节剖析，让我体会到过去把作品简单甩给译者是多么轻率！因为只有细节的讨论，让我理解一首诗是否在原创中做到了极端！原作越极端，对译者的挑战性越强，好的译文对译文所在的那个世界的文学冲击力就越大。戴迈河可以否定所有当代的四川诗人，但他不能否认杜甫的世界性诗歌意义，因为杜甫的诗是他永远翻译不出来的。

唐晓渡：一些人认为中国诗就是李白杜甫，今天我看情况有很大的改变。

张学昕：那么，包括西方诗人怎么看待中国当代诗人？

杨炼：一种极端的例子就是刚才晓渡说的德国汉学家的言论，不知你听没听过顾彬最近的言论？

张学昕：是那个"中国当代文学垃圾说"吧？他似乎主要是指小说。我觉得他不了解中国当代文学。你仅仅读了几本小说和几个诗人的诗歌，就说是垃圾，太荒唐了吧。我认为，这个

"垃圾说"也是垃圾。他与中国文学一定缺少更多、更好的交流。

唐晓渡：总的说他还是处于很孤独的状态，但至少他身边有一些诗人像杨炼，可以和他做直接交流的，有过一些比较细节性讨论，所以他说中国当代诗歌到现在终于产生了几个世界级别的诗人。但总的说来，汉语还是很孤独。

张学昕：中国虽是个大国，但中文诗歌却还是个小语种。

唐晓渡：包括奥迪亚这样的尼日利亚诗人，他用英语写作，他对中国诗歌有一种奇怪的优越感。采访的时候，他读的几个诗人的诗，他老是说应该这样，应该那样，我也很郁闷，因为交流过程是通过英语进行的，反过来如果他学了汉语能在汉语层面上交流，肯定是不能轻易得出这样的结论的，因为翻译本身就是个很大的问题，翻译在多大程度上是进入到了这个诗歌的汉语性，这确实有很大问题。

张学昕：他们想从中国汉语诗歌里读出什么东西？

唐晓渡：比较说，我们刚才讲的，翻译成中文的，我们可以把它作为汉语诗歌的有机组成部分来判断，我们实际上是把它当作汉语诗来读的。

杨炼：那将汉语诗歌译成英语，他们也把你放在英语诗歌知识里来衡量，他同样运用他全部的阅读经验来衡量你。比如意象，在西方已经玩了一百年了，从庞德提出清晰的意象概念，到有些意象派诗人写了一辈子意象作品，那个游戏已经耳熟能详。艾略特虽不提意象主义，但像"黄昏像一个打了麻药的病人躺在手术台上"这样的臆想，仍是极其动人的！所以对不起，玩些小意象构不成一个国家一个语种的诗学价值，必须有多得多的东西作为支撑。作为一个外国读者，我认为当他听说张学昕是中文诗人，他头脑里立刻会出现两个东西。一、张学昕背后，有李白、杜甫，这是第一期待。因为中国古典诗歌的名声绝对响亮，而且远远高于其他语种的古典诗歌。所以张学昕是借了李白、杜甫的气的。但，第二个就是问号了：张学昕是否就是今天的李白、杜甫？这时候他拿你的诗来读，可能很失望。但是尽管失望，他也不敢说张学昕全无价值。因为至少他还在写诗，而李白、杜甫是他的祖宗。我觉得，他并不希望读到一个跟李白，杜甫一样的诗人，他期待的是，读到一个能够把李白、杜甫的椅子掀翻，把中文诗歌传统向前推进一大段的诗人。这才是"活"的传统。话得说清楚，如果没有个人的创造性能量，我们根本就没有"传统"，只有一个"过去"。西方诗人和读者，希望看到这样一个活的中文传统。晓渡编过"实验诗选"，我觉得我们今天的写作，必须在诗歌形式上有很讲究的东西。实验性并不只是朝着未来开放的，有时朝过去开放更构成挑战性，这就是为什么我最近回归形式甚至韵脚，创作了一些"新古典"作品。就像刚才本人说，一首七律在我们今天就是实验诗！更广义地来看，整个中国当代社会，当代文化就是实验性极强的，它在时间性上全方位敞开，在思想资源上全面取舍，因此，每一首中国当代诗都必须是实验诗！你是否能够真的成为当代李白、杜甫式，那全凭自己的造化，而世界对中国诗还是期待的。

张学昕：我记得1983年，给杨老师带来名声最大的是《诺日朗》，还有后来《半坡》组诗，你现在怎么看那个时期的作品？

杨炼：那些都是同期的作品，只是本人跨出史前期进入真正写作的第一步。所以我出的两卷本《杨炼作品1982——1997》，把这15年前的练笔之作统统删掉了。之前至少五年吧，包括被认为朦胧诗人的时期，我认为那个杨炼不存在。我认为诗人都有起步阶段，而且一定要自己删掉那个阶段，不值得留着那么多废话。

唐晓渡：《诺日朗》在很多人看来是杨炼的代表作，这个事情很悲惨啊！这也不是杨炼一个人，大家现在一说北岛就是《回答》，北岛很郁闷呢！那是我早期的作品而且是问题非常大的作品，都羞再提，但是没办法，一说，就是《回答》，有的时候这种东西，就是非常要命，后面有的东西就完全被遮蔽掉了，像杨炼后来的《𝖄》、《大海停止之处》、《同心圆》等。

杨炼：晓渡后来写了一篇关于我的大文章。一篇真正有分量的诗学讨论。题目叫《终于被大海摸到了内部》，我觉得也被他摸到内部了，像活着的盖棺定论！

张学昕：你说的是第一个十年，从1988到2008年是第二个阶段，这20年实际上处于一个飘泊的状态，在另一个国家生活，对你来说，是不是第二个十年和第一个十年发生了很大的变化？生活方式和思想都在起变化吧。

杨炼：其实，生活方式有很大的变化，但是思想一以贯之。为什么要把1982年以前的作品抛掉？除了所谓技巧成熟不成熟以外，主要是从《礼魂》那个时期起，我对人生处境的理解，对如何在一种思想深度上达成语言的创造性，终于建立了一个比较清晰的，比较完整的想法。比如我写"以死亡的形式诞生才是真的诞生"，比如"天空从未开始／这断壁残垣"这样的句子，已远远不是中国、外国的问题，远远不是自我和他人的问题，而是这样一个系统：一个人必须穿过自己内部的隧道，深入人的普遍处境和人性深渊，从那里走向所有人。所以后来出国，最初感觉被甩出去了，一旦少许镇定下来，喘息一番，我的感受又变成了：这是现实在追上来，印证我们诗歌早已预见到的东西。我出国后最早的两部短诗集《无人称》和《大海停止之处》，就刻意使用短小的语言和形式，来捕捉那种漂流中极度锋利的生存感。而从《大海停止之处》这个组诗开始，我在国外第一次恢复使用组诗结构，去把握一种再次完整的生命哲学。然后，《同心圆》又是另外一个比较大的结构。到我现在正在写的第三部长诗，这些作品构成一个谱系、一个系列。把整个从国内到国外的过程，连接成一套人生哲学和诗歌美学。我说过，应该把"杨炼二十年的写作读成一本书"，就是说，没什么简单的转折点，我所有的作品，最终将像巴尔扎克《人间喜剧》那样构成一部完整的作品。这同样解释了，为什么"史前期"的东西确实不能要，因为那就掺入了太多杂音。

张学昕：80年代以前大家关注的社会性质的东西还是比较多的，所以那些受意识形态影响的痕迹还是有的。诗歌的政治元素自然就多些。

杨炼：不，不是那个问题，我觉得诗歌可以处理任何题材，从政治到风景到爱情到性，这不重要，重要的是怎么处理？怎么超越任何一个题材，把它写出诗歌应有的存在的深度？我觉得我在1982年以前处理不好这些东西，所以那些诗显得社会性很表面，比较肤浅。

唐晓渡： 因为整个朦胧诗，在当时被命名阶段，可以把它看作意识形态的抒情化，它的核心，作为他内在结构的最重要的元素是对抗，跟那时的主流形成这样的对应的关系。然后再从这里再走出来，走出来以后，能不能把意识形态反过来作为一个色彩来处理，这就不一样了，有的人回避这个东西。

杨炼： 本人刚刚写完三首诗，就直接题名《政治诗》。我们80年代，经常用包容这个词，就是说，不是简单的要这个不要那个，非此及彼。而是在更深的层次建立一个东西，包含以前比较肤浅的东西。当诗歌被当作政治宣传，它就不得不在赞成或反对，万岁或打倒之间徘徊。但诗之高级，就在于它不是单向的东西。诗歌内部，从意象到形式之间的丰富性，使它有诸多的流向，有诸多的自相纠缠和斗争来共建和谐。诗歌先天超越单向性，这是为什么诗中的爱情永远不是纯粹的悲或喜。这个同心圆，既向心又挣脱，在向心与挣脱间不停地自我挣扎、自我丰富化。说达到是达到自己，说超越又自我超越。庄子说"物方生方死"，诗就是此物！局限于政治题材，解决不了这样的问题。九十年代初，在纽约我见到严家祺，他说杨炼你干什么呢？我说我正在反对自己，这哥们儿大吃一惊：反对自己，很深刻啊。我说，看来您从来不反对自己啊。这就是诗歌和政治的特色，诗人是自我最苛刻的质疑者，通过对自我的追问来追问诗歌。所以我特别喜欢屈原的《天问》。《天问》提出了一种提问者的精神，那是所有文化发展的动力。

张学昕： 这里是否都需要一个包容的问题？

唐晓渡：关于"包容"，我经常用"反身包容"这个词。这里面可以从现代物理学来看，比如自我相关，作为你个人和语言的关系，语言的使用者是驾驭语言的人，在语言是一个工具这上面包容它，比如说我可以将文化元素贬值在一起，但很重要的一点，对自觉的诗人来说，他有反思在里面，在平时的生活和阅读里面，还有偶然的吉光片羽式的思考、悟得。这些其实在真正写作的时候全是你的材料，全是你需要重新打量的东西。也就是说，诗人对语言的态度，对自我的态度是不信任的，这时候他才是被诗歌进入的，他和语言的关系实际上又是这种自我相关的东西。我经常形容80年代用一个词——硕果仅存，真的是这样，还是留下了几个人。真正非常自觉的，我说的是生存的自觉和语言的自觉，特别是汉语的自觉，其实是从这代人才真正开始。有人说诗歌消退了，就剩这么几个人，我说没事，它是一个薪火相传的过程。我们现在回头一看，比起1949年以前，中国诗歌水平提高了一大块儿。这时你再重新组织和以前的关系，比较戴望舒和哈代的关系，冯至和里尔克的关系，仔细考证一下和他们的关系，脉络就清楚了。这样的背景下产生现在这么十来个人，很不错了。

张学昕：你们觉得我们的诗歌现在真的与我们的诗歌传统衔接上了吗？

杨炼：我喜欢晓渡用的"硕果仅存"这几个字，虽然我对是否有十几个人表示怀疑。当代中文诗人太缺乏后劲，这是致命的弱点。上次在杭州，和梁晓明们聊天时，我提出一个词"后锋"，与大家习惯说的"先锋"相反，大家比后劲，比耐力，比跑长途。中国古话说"出水才见两脚泥"，也是这个意思。所以，是否真能做到"硕果仅存"，现在还不到判断的时候。这样的"后锋诗学"，要求的就是思想和诗学的深度，而深度来自敏感和深思。我们说中文当代诗歌现在才开始算和中文古典传统衔接上，是因为我们说到的中国传统，是屈原、李白、杜甫的创造个性与汉语质地的完美结合，两者缺一不可。这也是为什么我刚才不愿意说"五四"时代接上传统之类空话。什么叫接上传统？先考察文字，虽然汉字看起来很古老，但别忘了，我们现在语言里40%以上的词汇都是经日文翻译过来的，我们说的是一种二手的翻译语言！这非常可怕，但这可怕又非常重要。因为中国文学传统，甚至观念体系，必须经历这样的脱胎换骨，才能在更高层次上被验证，从而获得更新，否则的话，就会永远锁定在传统观念形式之内，而与人的当代经验无关。古诗形式在某种意义上说，已经用尽了。我们从"五四"的"新文化"、"白话文"起闯出一条路，已经把翻译文体发展到了极致。当我们开始写作，这个被称作现代汉语的东西，历经磨难，终于发育成一种比较成熟的能配得上诗歌的语言了。因为，毋庸讳言，甭管民间、口语这些口号喊得多响亮，诗歌永远属于一种雅言的传统。只要不是无作者署名的民歌，就必是个人的创造物。个人伪造不了真正民歌的身后纯朴，那是千百年土生土长的东西，而不是作者装饰上去的土腥味儿。既是雅言，只有高级低级品味之分。文学史上留下来的都是高贵的，例如陶渊明，历来是文人精神的典范！我可以这样说，今天，在文学的自觉性、在个人创造性、在语言追求文雅讲究这些方面，当代诗和中国古典诗歌传统真正开始接起来了，你学昕开始和李白握手了，虽然喝酒差得远！我觉得一些很根本的问题，直到现在才摆正位置，我们的血脉也才算通了。就像晓渡说的，我们经历了一切，负面正面的，"文革"、"插队"，80年代的被批判，海外的飘泊，转了一大圈，现在在奥运开幕这天坐在大连凯宾斯基，这都变成了诗歌的资源和养分。当然，也许坐在凯宾斯基里也可能是负面的东西，不是棒杀就是捧杀啊，不过连负面的因素也能滋养出正面的诗歌——只要你"后锋"得够劲！

张学昕： "后锋诗学"？很新颖啊！中文诗歌确实得在后劲上下功夫，这可能就是你刚才专谈朦胧诗之不足的原因。那么，是否西方对中国诗的认识还基本停留在中国古代诗歌上？

唐晓渡： 我觉得西方诗歌对待中国诗歌的态度差不多是这样，他们说到中国诗歌，马上就提到李白、杜甫。可是现在，汉语经过这些年，也起了很大的变化，我去年在《人民文学》的专号上讨论说，现在汉语开始配得上诗了。但是呢，反过来，中国诗人，当代诗人，对中国古典诗歌态度还很奇怪的。在极端意义上，就像克尔凯郭尔说的："一个人只要努力工作，就可以深入他的父亲。"从诗歌谱系来说，中国古典诗歌，跟我们应该是有父子关系的。不过因为新诗完全是一种新的东西，就写作范式来说与古典诗歌不构成关系，它不构成"影响的焦虑"，但是，事实上，好多人对理想诗歌的范本，越到后来越倾向于中国古典诗歌。所以，我们现在要强调这个词——激活，我们对传统的态度应该是一种"激活"的态度。什么是继承？又不是一块金字、一座房子，给你就是你的了。对传统，你不付出你的劳动，去吸收，去转化，它就是你的负担。阿Q说："咱祖上阔多了"没用，没意义，它不构成写作的动力。所以你看这代人理想的诗歌范本都是西方诗歌，但真把你生出来的那个父亲在哪儿呢？我们必须对得起中国古典诗歌。同样，西方现代诗歌也永远向中国古典诗歌致敬。我说硕果仅存，其实也有一层意思在里面，没有像布鲁姆说的弥尔顿之于后面的诗人那么大压力，从某种意义上来说，也是他们自身的创造性处在最好的状态下。

杨炼：清楚地说，是在一个坏的处境中可能达到好的结果。我们反复地强调古典诗歌，但就像我刚才说的，如果没有创造性，我们就没有传统只有过去。这个过去，我认为实际上和当下是隔绝的。晓渡刚才点到了位，断开真正的结果是我们缺乏——或简直没有焦虑感。李白、杜甫只被当作商标和异国情调的酒幌子，但他们的诗歌美学，我们从来没认真地对待过。我们几乎和西方人一样，把那些名字挂在嘴上，而让他们的诗作封闭在完美的形式和语言之内，就那么束之高阁。充其量，和他们说事、玩儿，帽子上的羽毛似的，顶在头上，却又在忽略他们。没有传统焦虑的诗人是非常危险的。没有焦虑的诗人不知道在自己之前有什么，也不知道自己的位置是什么。我刚刚在伦敦应英国诗歌协会之邀，作过一场关于庞德影响的大型演讲。在谈论庞德后期的《诗章》之前，我先谈论了他的一首早期诗，题目用余光中的翻译，叫《六行体：阿尔塔堡》，这首诗最触目的就是形式。六行体是英语中极古老极严格的一种诗体，又称六行回旋体，用韵极严，全诗6段，每段6行，首段六行的六个脚韵必须以不同的排列次序用于其后的五段中，而末段之后三行一小节，脚韵又必须与第六段最后三行相同。而庞德不仅严格押韵，还使用第一人称，以古英语乡间土话模仿英国历史上有名的国王狮心理查口吻，用极其严格的古典诗歌传统写了一首完全的现代诗。我说，不知道什么叫传统的深度的人，也根本不懂什么叫创新。不理解这个古典大师庞德，他的一系列"新"就显得空洞。我举这个例子是想说，如果我们"硕果仅存"的中国诗人，不在哲学和诗歌美学上深刻地把李白和杜甫拉到我们的身边来（拉到咱们的酒桌上？）对不起，你写的就还是外文诗歌的蹩脚的中文翻译，写了白写！如果你能把李白、杜甫拉近，喝个交杯酒，没准你的首诗能幸存一番。再如果，你能把李白、杜甫创造性地扒皮抽筋，汲取其神髓，变化其形，那你写的不仅是硕果仅存的中文诗，更或许是对世界诗歌有意义的诗。这种焦虑完全是诗人自觉的一部分，是争取"后锋"资格的一部分！简单说，我们必须创造自己的焦虑！否则的窘况是，"先锋"当不成，"后锋"当不上，落得个什么都不是。可笑的是，不少中国诗人梦想着在西方成功，殊不知在西方没有什么成功。西方今天已经没有了叶芝、庞德、艾略特那样的大诗人，在西方出本书，并不等于有了诗歌的意义。当全世界的诗歌都困扰于思想资源的贫乏，诗人根本不存在哪个"方"，东、西诗人只是诗人，人在哪里哪里就是诗的根。

张学昕：我曾经看过杨老师一篇文章，叫《诗，自我怀疑的形式》，里面讲："写诗不能谈经验，一首诗就是全部关于他的经验之和，完成了下一首不得不从零开始"。上次严力老师来时也说写诗的"经验是一次性的"。那么请问您的经验与实验是怎样的一种联系？

杨炼：我说的应该是"实验"，实验是一次性的，经验是可积累的，一种积累的经验可以反复写，例如我当年插队的经历，到现在还在发酵。而具体到技术性的实验则不同。我发明跟这首诗配合的一种技巧，因为它和诗意深刻的融为一体，以至于这个技术不能移用到下一首诗。另一个诗意有另一种特定的技术，你得为它再发明一套技巧，只对它有效。如果不是这样，那写作就成了一架可以回收的机器。

张学昕：能否谈谈你刚完成的诗集《艳诗》？

杨炼：我的《艳诗》几年前就写完了，刚刚非正式出版是因为题材敏感，作为作品，它已经离我而去。但可以说，这部诗集也体现了我的诗歌自觉。我记得1994年《今天》在纽约开会的时候，我就谈到过这个问题，第一，每个诗人都想在诗里处理政治，但是都不敢把话说清楚，好像要打人一拳可是拳头始终停在离人一尺远的地方，虚虚比划一下，结果，要政治没政治，要诗歌没诗歌。第二，每个诗人都在写点儿色情，可又都不敢跟色情题材来个素面相对，创造性地连接中国古远精美的色情诗歌传统，从《玉台新咏》、《花间词》到冯梦龙等等。这个结果是，要色情没色情，要诗歌没诗歌。我当时给《今天》的建议就是，为《今天》每一期设计一个专题，编辑有意识地提出一些挑战性题目，召集作品，看谁处理得精彩，其中，政治和色情是最先考虑的话题。但这个想法，当时的《今天》不理解也没采纳，可我把它记在头脑里，这次终于把它处理了一下。色情文学不仅是中国古老的传统，而且我是所有深远文化传统的必然组成部分，阿拉伯、伊朗、古希腊……都有色情诗歌的经典。有没有可能用当代人生和诗歌的意识来处理古老的色情？就是说，把色情变成一个入口，一种处境，深入人性。"艳"是题目，诗才是目的。比如《承德行宫》用朕的口吻来说话，但落点是"这个朕想废就废掉的一生"色情，把人的生死、胜败、极度的"在"与彻底的"不在"，都集中到一个焦点上，最具体最虚无的一点。这也是古典诗歌形式和当代人生感受结合之点。在这部诗集里，我给自己提出的形式挑战非常清晰，每个形式和韵脚节奏的设计，都非常自觉。我希望把它处理成一部完整的作品，而不是几首散碎的短诗。这一锤砸下去，就砸得深一点，狠一点。

张学昕：这诗集四年前写完，为什么才考虑拿出来呢？

杨炼：没人敢出啊。台湾的创世纪，我给他的两组，一组是十首相对含蓄的《水手之家》，另外一组是几首比较直接色情的，如《我们做爱的小屋》、《承德行宫》等，他们犹豫再三，还是发《水手之家》。但，我根本不在乎早晚的问题，而且我认为诗歌写了不发表（或发表不了），感觉上反而是特别美好的事，像藏着一件秘密武器。别人认为杨炼有《诺日朗》、《大海停止之处》、《同心圆》，其实我还揣着一把手枪。现在，当人们都看《艳诗》了，本人可又存了一门小榴弹炮呢！最后的极端，其实不是《诺日朗》、不是《大海停止之处》、不是《艳诗》，不是我现在正写的诗，最后的极端的正是杨炼，我是我所有写作的主题。欧阳江河说过，他写北岛的评论，上午拿着作品读读，下午就可以动笔了。可他说你那个东西至少得研究几个月。我觉得这样挺好，写那么多评论干嘛啊，重要的话没有那么多嘛。我的写作基本上是一块"自留地"，管他别人吃不吃，自己耕种自己吃。

张学昕：我记得你还有一句话："写诗是悲哀的事业啊！写诗的欲望越强烈，失败的预感就越肯定。"这句话，我看着怎么有点眩晕感啊。这是你由衷的感慨吗？

杨炼：哈，写诗就是悲哀的事业啊。但我们享受这悲哀！我们刚才说，首先得知道困境在哪里，然后才知道突破的欢乐是什么。本人写诗的口号，叫做"从不可能开始"，我还说，世界上最不信任文字的是诗人，因为我们是专业玩文字的，而且要玩到精美无比，透彻无比，于是最懂得语言是怎么也抓不住那个太活泼的感觉的。这就是最直接意义上的"道可道，非常道"。小说、戏剧、论文可以使用现成语言来陈述一个故事、一个观念。可诗不止于此，诗的意义就在于创造语言本身。我能用一百种方法说喝下这口水，但诗人非得找到那唯一的最佳方式，非"那口水"不可！这就是为什么诗人要呻吟"语不惊人死不休"。诗人的游戏，根本上就是在和语言的"不可能"玩。写诗就像跳墙，跳过去之后才发现墙比你还快，又横在前头。所以悲哀啊！不悲哀吗？

唐晓渡："跳"本身又成了墙。

张学昕：没想到，诗人也会有这么多的悖论。同样也要遭遇浪漫之外的残酷现实。但这并不悲哀，反而非常神圣。我相信，诗歌的清洁和纯粹是没什么东西可以与之相比的。

杨炼：对，每部诗集完成后的空白最可怕，因为你必须考虑下一步怎么办。所以，我的一部部作品，不叫诗集，我叫它们"项目"。完成一个接着一个，一步步往前走。说悲哀的事业，也指这方面，但是大悲才有大喜，要不然只剩平庸和重复，诗的根本意义就没了。所以我坚持自我怀疑，同时坚持持续地赋予形式。写诗的动力，来自这种有形式感的自我提问。先不谈中国诗歌传统，每个诗人自己就是一个生长的传统。

张学昕：可不可以请你们二位谈谈麦城的诗，我对他的诗和人都太熟悉了，想听你们从诗歌内部的角度评价一下他的诗歌。

杨炼：我最近在英国出版了麦城的诗集，英文版，并送给了不少英国的诗人。最重要的是应该让诗人读到这样的作品。我觉得这些诗人的评价非常有意思，因为他们和我接触比较多，熟悉我那种比较怪异、极端、思想和美学上的深度，观念性很强，实验性也很强，所以，他们立刻觉察到麦城的作品很不同。我能想见，那些西方大脑里，立刻建立了一个谱系，前有李白、杜甫，后来是杨炼、麦城。这个谱系，贯穿了时间的发展，生存经验的感受和处理方式，语言的创造性表达各个层次。麦城的诗中那种与生存的贴近感，在生活细节间发觉微妙诗意的能力，以及看似轻松实则渗透忧伤的笔法，都让他们感到当代中文诗的新发展。所以Shearsman出版社，把麦城当作"后朦胧"的一位代表人物。这种语言和诗歌的新变化，对他们来说是富有魅力的。

唐晓渡：你们两位看过我写麦城的文章了吗？

张学昕：我看过，非常到位的对麦城诗歌文本的细读和阐释，是一篇长文啊。

唐晓渡：一万两千字。老麦就说，上海那帮搞当代文学的看了都说这才叫真正的细读，我说那还不算什么，就是读他的《形而上的"上游"》，主要是把它内在的基本形式，它的相应的语言特点，它的内在结构全部简单地整理，然后把他的一个观点错位，我感觉他的写作确实是随意，随写随拆的。不是一个比如说结构意识很强，然后中文区划得很清楚，挺好玩，这点上真是独一无二的意思。

杨炼：我不知道他是真有某种形而上观念还是怎么，这种拆解渗透了他的语言。他往往意气风发的时候说些丈二和尚摸不着头脑的话，很好玩。犹如佛家公案似的充满错位，你以为他说A，结果他同时说出了ABC，并且你看不见A，看见的是B和C，没准麦城的声音和他的舌头压根是错位的？

张学昕：对，他对语言特别敏感，事物之间的联系啊……

杨炼：说实在我看他诗集之前不了解麦城。聊天，喝酒中那么尽情尽兴的一个人，在诗里突然打开了另外的侧面。那么隐含的内心，那么细腻、那么微妙、那么灵敏，又有机地上升到形而上思考的层次……某种意义上，诗和人也错了位，有点对不上号的感觉，直到我慢慢了解更多，重影又渐渐重新聚焦，还原为一个。啊，原来错位的是我自己，麦城本来就是这么丰富的诗人。

张学昕：这么多年他都是这种语言方式。但是你要是细看，其中一个是那种往感觉里面写，写得很微妙，感觉有点"瘆"，包括像"手长期揣在兜里，容易成为匕首"。你不能一般地说他用了奇喻或者妙喻，就是说，最后他想说A的时候，说的就是B，但是这个B一般人是根本学不到的，比如这个手和匕首的关系，非常奇怪，但是麦城的人生经历渗透在里面了，他以诗歌的方式解构了阴谋，解构了那种蓄谋已久。唐老师您怎么看？

杨炼：我在英国作庞德演讲的时候，专门谈到意象，因为中文的视觉性、意象性比较强，中国诗人创造意象的自觉性也很强。我特别强调过一点，意象不是比喻，因为比喻经常变成一种装饰性的东西。意象也不仅是技巧，因为技巧可以玩，而并非必要。但意象一定要"非如此不可"，因为它是一种对现实的深度发现。就像刚才举的手变成匕首的例子，他这么写了，现实就存在了。在他的语言中，手可以变成匕首，那么王强插着兜走过来的时候，我们就永远认为他兜里插着的就是两把匕首。这里意象远远超出技巧，而是王强发现给我们的世界。我说过，没什么"超现实"，只有"深现实"。在诗人眼睛里，一种深层的，只被他揭示的现实，在这个意义上，王强就生存在他的意象之间。

张学昕：对于麦城来说，话语方式这个时候就变为了生存方式。

杨炼：它是生存投射进话语的方式。

张学昕：这个很有意思呵。诗歌就是这么奇妙。这里面必定是存在一种"道"的。语言之道，存在之道。是穿越了现实本身的东西。

唐晓渡：这其实很好玩，王强的诗很玄，语言本身很玄，所谓"玄而又玄，众妙之门"。上次在香港打电话，正好李零在讲《道德经》。他一开始就是"道可道，非恒道也；名可名，非恒名也"，很有意思。实际上，"恒常"这个东西，在我们使用的时候是被分开的，"恒"往往是和永恒连在一起用，是一个时间的概念，它被赋予了价值；而"常"，比如"常识"，它没有价值，特别对我们诗人来说，这不是常识吗？不说也罢。恒的感觉是不一样的。李零用的本子现在看来应该是已知的所有本子里最早的版本，但也不能说就是最可靠的版本，因为同时就有很多版本。但是李零做了什么事呢？他对"道"本身又进行了追问，"道"究竟是个什么东西？"众妙之门"是什么呢？最后的结论就是"玄"，整个《道德经》里面没有涉及到"父系"时代，它全是女性的。他说所有注经的人谁都不肯把这话说出来。但是我就是想有的时候我们说"说"，其实也可以说"道"。但是，从认识论来说，康德以后就不可能这样来说了，对哲学来说，古典哲学始终面对的是本体论和认识论之间的关系问题，黑格尔，包括后来马克思是肯定认识与本体是有同一性的，认识可以接近本体，而康德认为这之间是有一道鸿沟不可逾越的。所以我们不可能言说"道"，认识"道"这个"本身"。就像刚才我们谈过的，帕斯说的："现实是最遥远的"，我们的语言，就是刚才说的那种非常活跃的感觉，瞬间消失的感觉，语言是包不住它的。认识和本体之间的关系其实在我们日常生活当中每时每刻都会发生。

张学昕：不是所有的感觉都能用语言表达出来，是不是这个意思？

杨炼：不是"所有感觉"，而是语言根本抓不住、表达不出感觉。在语言表达不出感觉的前提下，语言创造出另一种感觉让你存在。

唐晓渡：它的问题在于诗从本质上它确实不止是一种语言，它不是一般意义上的语言，诗可以讲是一种不得不动用的语言，它是创造语言，是超语言。

张学昕：我觉得，诗是超越语言的一种努力，但也只是一种努力而已。

唐晓渡：实际上我说他这个"玄"，这个意象对老子来说，是试图全新认知世界的方式，其实就是诗歌的方式，《道德经》，绝对是一本最原始的诗，诗歌体，并且谈的都是最根本的诗歌问题。他是通过"玄"、"门"这些意象，把本体和认知之间的关系转换了，所以它必须是"玄而又玄，众妙之门。"这个很有意思，因为我们不可能在原生的意义上使用语言。我们都在说诗歌不能抵达感觉，抵达事物本身，我们能做到的是一个向度，试图指向事物本身或者内心，但是呢，怎么说呢？它往往是在最不可能的地方，在我们的语言惯性、语言日常系统断裂的地方，将能指与所指之间不可能的关系"咣当"一下建立起来了，而那背后有个深度经验。从这点来说，麦城是个没焦点的人。但并不是说他没有原则，只是随建随拆，散点透视。那有点像佛教意义上的不执着、不固执。但同时他又有原则，有时候人的态度又很固执。不过他写诗的时候，弹性十足，快速移动，那不是语言在飘流，是一把刀子在晃来晃去。

张学昕：还有那部诗集《词悬浮》，简直是词语的盛宴。他在语词的感觉上极好，这是与生俱来的感觉，没有办法。

杨炼：这个标题非常好，悬浮的词，突出了悬浮所在的太空。诗歌就是那个太空。词不能堆积出诗意。真正的诗意在词之间，甚至词的背后。词码上了一个、两个棋子，让你更看清楚那一片空白。棋子的作用，是给你打开想象力，点中你的穴位，让酸麻感全身攒动。好的句子，本身就像穴位被点的一刹那，好不得意忘言！麦城的诗里，晓渡刚才说的那种速度，那种迷离感，比比皆是。每个转换点他都有一条或一堆切线甩出，让读者读得浑身酸麻。麦城的武功，属点穴一路。

张学昕：麦城的诗歌有着奇异的想象力。这是大家的共识。读上几句，你立刻就会惊异他对语言的敏感，对事物的体悟，或者说，通过词语完成的对事物的体悟。从"磁悬浮"到《词悬浮》，谁知道这之间有多大的距离？或者让词语旋转的速度？麦城自己肯定清楚。我们有时可能对其无从把握，会有阅读的盲点。

唐晓渡：他实际上是给自己耍大刀呢。麦城非常敏感，本质上是不变体，它的变产生于不相干的因素之间，比较说，他作房地产，"盘子"，商业的盘子嘛。多大的盘子啊。但他要把这个盘和杯盘的"盘"以及大家围着"吃"的心态放在一起。王强的诗，真要让我细读可以读成40000字，我不可能写得太长，别人可以继续往下谈。我到现在啊读了无数的诗，我现在判断诗的好坏很简单，一种情况就是它会抓你，你被它抓着读，还有确实你有阅读障碍，当然你可以不读如果读不进去，但有时候，你不放弃，觉得里面隐隐约约的东西能把握住，觉得它很有戏，很有意思。很多诗，还有一种诗歌，用不着细读，但可以反复地读，细读毕竟和具体的工作有关系的。但是，大部分的是第一次一晃一看，觉得不错，再读不行了，再读更不行了，最后这首诗基本上被读没了。你一注意集中，好多破绽就出来了。

张学昕：从文本出发的细读确实太重要了，读者就是审判官啊。

杨炼：是啊，一首诗的细读非常关键。细读者犹如与案犯毫无关系的法官，"审"一首诗就是冷静地把字里行间藏着的东西剔出来。我读诗，特别在意诗之内涵和形式间，有没有一种必要性在？如刚才的"手"，非接上"匕首"不可，要是"手枪"就差点了，那种锋利感就没有了。细读，其实在读两个要点：一、这首诗是否压根不值得写？二、这首诗中写作的花样是否站得住脚？这样一读，麦城的书就读出了"后锋"的质量，我才愿意交给英国出版社。麦城后来希望我推荐其他诗人，本人拒绝了。那些诗我知道，还在争当莫名其妙的"先锋"呢，它们没有提交给世界诗歌检视的价值。制造垃圾的事，咱最好就别做了，我只做我相信值得一做的事情——那就是看谁笑到最后。

与"艺讯"记者谈《玉梯》、《叙事诗》

ARTINFO中国　申舶良

现居伦敦的诗人杨炼将自己的文学写作按照自己的人生地理变迁分成三部分，分别称作"中国手稿"、"南太平洋手稿"、"欧洲手稿"。其中"中国手稿"包括《礼魂》和《**ℙ**》等早期佳作，"南太平洋手稿"包括在第一阶段的漂泊经验中完成的《无人称》、《大海停止之处》和《面具与鳄鱼》等作品。"欧洲手稿"则包括长诗《同心圆》、组诗《幸福鬼魂手记》、诗集《李河谷的诗》和色情诗集《艳诗》等。最近，杨炼与英国诗人W. H. 赫伯特一起编选的英译中国当代诗选《玉梯》即将交由英国Bloodaxe Books出版社出版，而杨炼本人的最新诗集《叙事诗》也将在中国大陆出版。为此，ARTINFO中国通过越洋电话对杨炼进行了采访。

ARTINFO：听说您最近正在编一部中国当代诗选。

杨炼：是的，这部诗选的标题叫做《玉梯（Jade Ladder）》，集结了从"文革"结束后1978、79年到现在这三十年间的当代中国诗的精品，我将它称为描绘当代中国文化的思想地图，包括它的困境，也更包括它的能量。我和英国诗人W. H. 赫伯特一起编辑。全书大约400页，全部是英文翻译。此前的一些英译当代中国诗选更多的是编辑者或翻译者采取比较容易获得和翻译的诗出版，我们这部书的要求却是在原作中选择那种我称之为"极端性"的写作，因此对翻译本身也是一种巨大的挑战，要求译者也是一种"extreme translator"，才能真正构成中文和其他语言的深度交流。中国当代诗歌非常丰富，本书的编辑结构方面分成六个主要部分：抒情诗、叙事诗、组诗、长诗、新古典诗歌和实验诗。每个部分有一篇专门文章，像一本导游书引导读者进入诗的风景。文章会综合中国古典背景，国外的影响以及在当代中文创作中怎样落到实处几个因素。此外我和W. H. 赫伯特在书前有两篇较长的序言。整部书可以说是由各种层次构成的思想和艺术的项目。计划在今年4月将书稿交给英国Bloodaxe Books出版社，应该能够在今年年底出版。

ARTINFO：以"玉梯"为标题有什么特殊含义？这个词似乎来自中国神话？

杨炼：对，"玉梯"第一个来源便是昆仑山，在古代被称为宇宙的中心，同时又是仙人上下天地之间的"天梯"。同时，李贺的诗中对"昆仑采玉"也有提及。李贺的诗可以说是既古典又现代的作品。我选择"玉梯"为标题还有一个含义，就是这座天梯犹如诗歌，基础落在每个人的内心深处，而顶端又超越到高层次的精神境界之上。每个诗人的写作，正像沿着诗歌的天梯上下于天地之间。另外，天梯的意象与西方的巴别塔也遥相呼应。我曾写过：每个诗人的书房，都是一座仍在继续建造的巴别塔。我希望这部诗选对中国的诗人、诗歌读者、包括思想界起到一个建立标准的作用，最终体现"远游"和"还乡"之间的关系。

ARTINFO：这本书的六个部分将"新古典诗歌"和"实验诗"单独提出，有何意图？

杨炼：如何能够配得上非常精美的古典诗歌传统，这一直是折磨着中国当代诗人的一个美梦或是噩梦。从诗经、楚辞开始的古典诗歌传统将汉语的感受、表达、思维的能力发挥到了极致。当代创作如何与古典诗歌传统相衔接？这个问题包含着很丰富的内容。今天能够明确提出"新古典"，首先是基于白话文、现代中文本身的成熟。"五四"一代开始白话文写作，目的是能够和西方思想相衔接，能够表达人们当下的现实生活。初衷很好，但开始时它还很粗糙，不够精美。它如何找到自己在哲学和美学上的表达能力，是一个很大的问题。尤其在诗歌写作上，可以说语言的成熟和思想上的成熟先天相关。另外，对传统文化的自觉是个更深刻的问题。中国在这方面走了很多弯路，从"五四"时喊出全盘西化等口号，到后来"文革"的"破四旧"，一脉相承地对传统采取极端情绪化的否定态度，其结果是中国诗人、文化人对中国传统文化缺乏必要的自觉，不是自觉反思，汲取精华，加以现代转型，而是盲目抛弃，只给自己留下一片空白。很长时间里，这是中文现代诗弱化的根本原因。我认为直到90年代中期以后，诗人们在思想、语言和诗学的思考上才"转过这个圈来"。"新古典诗歌"强调与中国古典诗歌形式之间有一种"神似"的关系，将

中国古典诗歌的音韵能量、视觉意象、形式结构、"形式主义"的美学要求，以及蕴含在形式结构内的哲学内涵（时空观念）等等，创造性地转型到当代诗的形式内部。从而使传统不再是一个简单的过去时，而是生存在当下的东西。这是当代中国诗非常有独特性的一方面，环顾世界，只有中文（汉字）从甲骨文创造以来，基本的构成和使用方式没有根本改变，而是不停在内部转型，一直发展到今天。所以"新古典"在思想和哲学上对当代世界的启示性，甚至超过了它的诗歌意义。

我认为中国当代诗歌有两大特点，一是观念性，再就是实验性。我们今天已经不能简单地把自己称为一个传统的中国人，因为当代中国文化本身就是一个古今中外的综合。当代中国诗在思想上没有一个现成的"模特儿"来模仿和抄袭，每写一行诗都在不停综合古今中外所有的因素。我以前说过：独立思考为"体"，古今中外为"用"。这样，观念性就是它存在的前提，而实验性实际上渗透在每一行诗之内，不管它看起来多么简单。《玉梯》中单独列出"实验诗"这部分，就是要将"实验性"的特征发挥到极致，立足于汉语、汉字的语言学性质，在触摸汉语局限性的同时，也充分敞开它的可能性。这部分包括一些非常极端的作品，比如顾城去世之前写的组诗《鬼进城》，文字看起来非常破碎，但破碎之中有一种形而上的、想象的联系，从而创造了非常独特的文本空间。

ARTINFO：80、90年代的诗歌出版物较多，而2000年之后许多诗人脱离了出版物，出现在网络论坛上，而如今论坛也相形衰落，很多诗人在网上以个人的空间发布作品，这种散乱性会不会给这本书对近十年诗歌的编选造成一定困难？

杨炼：确实有一定的问题。这是为什么在我和W. H. 赫伯特作为这本书的主要编辑之外，我还请一个朋友、诗人评论家秦晓宇和我一起编选中文诗的原作。秦晓宇生活在中国，比较年轻，与当下正在写作的、比较活跃的诗人有较多的联系。通过他，我能够比较容易地与后来这批诗人进行衔接，我自己则对较早开始写作的诗人相当熟悉，所以我们两人的头脑已经勾画出了一幅相对完整的成熟诗人的地图，这样再去筛选诗作就比较容易了。其实，尽管出版方式很散乱很"民间"，但我们对此并不陌生，别忘了从七十年代末当代中文诗开始时期的《今天》和"朦胧诗"的时代，我们就很少依赖所谓的官方出版物，当时不管是地下杂志还是私人印刷的诗集，也都是以个人方式进行，只不过现在是键盘代替了油印机的滚子。《玉梯》要呈现当代诗人的独立思考、独立创作，甚至独立出版方式。这里更关键的要点是：我们是否有、能否坚持自己的美学标准和判断。

ARTINFO：您即将在中国大陆出版的新诗集《叙事诗》是关于您个人的命运与"大历史"的关系，而名为《玉梯》的当代中国诗选也有关对历史的回顾。而您在以往的诗歌中讲究诗歌写作的"纯粹性"，以及在不断的游历中对各种经验的整合。是什么使您开始回顾"大历史"？

杨炼：我把《叙事诗》的主题概括成两句话："大历史深刻纠结个人命运，而个人内心又构成历史的深度"。我不喜欢把自己的书叫做"诗集"，而更称它们为一个个"思想——艺术项目"。这样，每一部作品都不能重复，它们必须不停深化、推进。我从"文革"期间开始写作，到1978、79年加入《今天》，后来1983年出版《诺日朗》被批判，1985年开始写以《易经》为基础的长诗《￥》，1989年完成后，开始国外的"漂流"，创作《大海停止之处》组诗、《同心圆》长诗，以及众多以国际漂流经验为基础的作品。《叙事诗》这部长诗，是对前面整个人生的一个总结。这部三章四千行的长诗，用我个人和家庭的经历贯穿整个20世纪中国的历史，它把我以前的写作变成一种"初稿"，它们都成为这部不停递进的作品内的一个个章节。从《叙事诗》回顾，我的三部长诗中，《￥》通过《易经》打通中国古典文化的根源，《同心圆》通过国际漂流发觉"另一个世界还是这个世界"的人的根本处境，《叙事诗》又重新以自身为归纳角度，既是写我、我家、中国，又是写人的内心、人类非时空的根本命运。我称之为一个"正、反、和"。

编选《玉梯》这部诗选的想法，产生于此前我在英国做过的一些项目，比如从2005年起，我就参与组织过中、英诗人进行诗人之间的互相翻译，通过诗人之间的对话，经过对形式、内涵做深入细节的详尽讨论，将作品翻译成对方的语言。这种经验令以往的"译者"做的工作显得非常浮泛和简单。这种翻译，实际上是在生活、历史、文化、语言等诸多层次上的深刻对话。在2006、2007年我们又以这一经验为基础组织了"黄山诗歌节"，这不是泛泛的"国际"诗歌节，而是只在中文和英语两个语言之间的诗歌节，其中中国诗人包括我、严力、西川、王小妮、臧棣、唐晓渡、骆英等，英语诗人则来自英国、美国、新西兰和尼日利亚，他们虽然都使用英语，但又有极为不同的文化背景。中文具有连绵的三千年的传统，英语作为世界上覆盖范围最广的语言，这个诗歌节，在深层意义上是一个时间和空间的对话。诗歌节在中国的黄山、徽州地区开始，在英国的威尔士和伦敦结束，在伦敦的大型朗诵活动非常成功。这些活动，已经使英国成为世界上中文和英语深度交流的基地。然后才产生了编选这样一部全新诗选的想法。

ARTINFO：我看到《叙事诗》的目录是从童年写起的，您出生于瑞士，在几岁时回到中国？似乎您以往的作品对童年经历较少提及？

杨炼：我父母在瑞士住了六年，我在不到一岁时就回了北京。《叙事诗》有三大部分，第一部分以我的一本照相册为基础。那开始于我诞生第一天的照片，到1976年1月6号那天，我和我母亲将"文革"期间不多的照片贴满照相册最后一页，当晚我回了插队的村子，第二天早晨就得到我母亲去世的消息。这部照相册包含了我从童年到青年初期这一段时间，所以第一部分的标题是"照相册：有时间的梦"。第二部分是五首长诗，我称之为五首哀歌，写了贯穿我自己的人生，其实也是贯穿中国和人类命运的五大主题：现实、爱情、历史、故乡和诗。我将这五首哀歌称为"水薄荷哀歌：无时间的现实"。第三部分称为"哲人之墟：共时，无梦"，回到整个历史归结的地方：人的内心。

ARTINFO：您近年来经常参加国际诗歌节、文学节和写作项目，与不同国家、语言和文化背景的作者进行对话对您有何意义？

杨炼：我几乎每个月都要到几个不同的国家参加文学节、朗诵或文学项目，非常繁忙。在这些环境中我主要是通过自己作品的英语翻译与别人进行交流，这些翻译过的作品当然不会是刚刚完成的作品。所以通过作品交流的"我"不是当下的"我"，而是过去的"我"。国外诗人对我的作品表示喜欢，是对我过去思想、作品的一种验证。同时我也知道，那个真正的我，又发展出新创作阶段的我，他们还没见到呢。这种国际交流，对启发我的思考也有作用。比如我和妻子友友在2007年到斯洛文尼亚参加那里的文学节，还当了一个文学奖的评审团主席。我突然发现，在这样一个小小的国家的文学节中，集合了超过20多个语种的中欧和东欧的诗人。这些小语种的共同特点，是必须在自己语言之内扎根扎得很深，同时必须随时准备和周围的语言进行交流，失去两个特性中任何一个，都会令语言死掉。在当今地球村的环境中，不仅是小语种，即使是大语种，像中文，甚至英文，其实也应当拥有这两方面的自觉。同时，我也注意到200万人口的斯洛文尼亚的语言中就有两到三种方言，不仅是口音上的方言，而且是文字上的方言。这也唤醒我对中文的自我警惕：我们虽然有成百上千种方言，却只有一种书写语言：普通话。极端地说，普通话也可以称之为中国人自己的一种"殖民语言"。不同地区的人，只要写，就在切断与自己本土文化根源的联系。现在，我们正与斯洛文尼亚诗人进行"方言写作"项目，四个中国诗人和四个斯洛文尼亚诗人不仅要进行诗人之间的互相翻译，而且要"发明"自己的方言写作。我将"发明"北京方言的书写语言，杨小滨将"写"上海方言，翟永明将"写"四川方言，梁秉钧将用已经发明的粤语文字创作，这是不是很精彩？"发明"中文方言写作，是对两千两百年前"书同文"的一个新推进。这也是国际交流反馈对中文的推进。

ARTINFO：您对近十年中国诗人的创作有何看法？

杨炼：我觉得当代的中国诗虽然不像在80年代处在社会文化的聚光灯下，实际上就创作环境和总体创作状态来说，应该说是1949年以来的"黄金时代"。如果诗人自身拥有思考和表达的能力，他可以写作。同时，诗本身在语言和思想上的超越性，使它远离口号和宣传式语言，也先天地与商业性相逆反。所以在今天，想写诗这念头本身就比较纯粹。在据说两百万的"写诗人口"中，也确实可以看到一些很不错的诗人，比如70年代以后出生的诗人胡续冬、诗评家秦晓宇等，都相当出色。他们与我们这辈诗人的最大区别，是在知识和教育上比较完整，如果在筛选知识建立自己的思想上有能力的话，作品会很不错。秦晓宇那种能综合传统背景、外来影响又能落实到当代创作深处的诗歌批评，可以说我期待很久了。但中国当代诗也有很大问题，最糟的是，从我们这辈诗人起直到现在，诗人基本上是一种青春期灵气儿的宣泄表达，就算写得不错，但因为缺少发展自己的能力，也走不深、走不远。大批的诗人昙花一现，有了几首比较打眼的作品，就或停在这重复，或无声无臭的消失。那些关于"大诗人"的谈论，离开了力作只是空话。事实上，当"先锋"很容易，但当一个厚积薄发、后发制人的"后锋"很难。这里的真正问题是：必须以专业性为前提，产生和交流有深度的思想。现在诗的专业门槛太低，以至于中国当代诗总是从零开始，而构不成正面积累。这才是我们编选《玉梯》的真正理由——回返中文之内，澄净环宇，确立思想和诗学上的价值标准。

附录：杨炼创作及出版年表

创作年表

一九七八——一九七九年:《土地》，诗集。

一九七九——一九八一年:《太阳每天都是新的》，大型组诗。

一九八一年:《海边的孩子》，散文诗集。

一九八二——一九八四年:《礼魂》，大型组诗。

一九八四年:《西藏》，组诗。

一九八五年:《逝者》，散文诗三章。

一九八五年——一九八九年:《𝑅》，长诗。

一九八九年:《面具与鳄鱼》，组诗。

一九九一年:《无人称》，1982—1991短诗自选集。

一九九〇——一九九二年:《鬼话》，散文集。

一九九二年——一九九三年:《大海停止之处》，短诗集。

一九九四年:《十意象》，散文十章。

一九九四年——一九九七年:《同心圆》，长诗。

一九九八年——一九九九年：《十六行诗》，短诗集。

一九九九年：《那些一》，长篇散文。

二〇〇〇年：《幸福鬼魂手记》，组诗。

二〇〇〇年：《骨灰瓮》，长篇散文。

二〇〇一年：《月蚀的七个半夜》，长篇散文。

二〇〇〇——二〇〇二年：《李河谷的诗》，短诗集。

二〇〇三——二〇〇四年：《艳诗》，短诗集。

二〇〇五——二〇〇九年：《叙事诗》，长诗。

二〇一〇——二〇一二年：《饕餮之问》，短诗集。

二〇一三——二〇一五年：《空间七殇》（七组诗）。

出版年表

一九八五年

《礼魂》，诗选，西安，中国青年诗人丛书。

一九八六年

《荒魂》，诗选，上海，上海文艺出版社。

一九八九年

《黄》，诗选，北京，人民文学出版社。

《人的自觉》，论文，成都，四川人民出版社（因故中止）。

《朝圣》，德译诗选，奥地利因斯布鲁克，Hande 出版社。

《与死亡对称》，中英文对照诗选并作者朗诵录像，澳大利亚堪
培拉，澳大利亚国立大学出版社。

一九九〇年

《面具与鳄鱼》，中英文对照诗选，澳大利亚悉尼，悉尼大学东亚丛书，Wild Peony 出版社。

《流亡的死者》，中英文对照诗选，澳大利亚堪培拉，Tiananmen 出版社。

一九九一年

《太阳与人》，长诗，长沙，湖南文艺出版社。

En De Rest Ven De Wereld，中荷对照诗选，荷兰鹿特丹国际诗歌节出版系列。

一九九三年

《诗》，德译诗选，瑞士苏黎世，Ammann 出版社。

一九九四年

《𐤊》，长诗，台北，现代诗丛书。

《鬼话》，散文集，台北，联经出版事业公司。

《人景·鬼话》，诗文集，北京，中央编译出版社（与友友合著）。

《无人称》，中英对照诗选，英国，Wellsweep 出版社。

《面具与鳄鱼》，德译诗选，德国 DAAD 丛书，Aufbau 出版社。

一九九五年

《鬼话》，德译散文集，瑞士苏黎世，Ammann 出版社。

《大海停止之处》，中英文对照组诗，英国，Wellsweep 出版社。

《中国日记》，中德文对照诗歌与照片合集，德国，Schwarzkolt & Schwartzkoft 出版社。

一九九六年

《大海停止之处》，德译诗选，德国斯图加特，Schloss Solitude 丛书。

《大海停止之处》，丹麦文翻译诗选，丹麦哥本哈根，Pplitisk Revy 出版社。

一九九八年

《杨炼作品1992—1997》（诗歌卷：大海停止之处；散文、文论卷：鬼话、智力的空间），上海，上海文艺出版社。

一九九九年

《大海停止之处 —— 新作集》，中英文对照诗选，英国，Bloodaxe 出版社。本书获一九九九年度英国诗歌书籍协会推荐翻译诗集奖。

《大海停止之处》，意大利中文对照组诗，意大利佩斯卡拉，Flaiano 国际诗歌奖获奖者丛书。

二〇〇〇年

《死诗人的城》，CD-Rom 并附中英文文本、朗诵及采访，德国路德威格莎芬，Cyperfiction 出版社。

二〇〇一年

《月食的七个半夜》，散文集，台北，联合文学丛书。

《流亡使我们获得了什么？》，德译本，高行健、杨炼长篇对话，德国柏林，DAAD丛书。

《流亡使我们获得了什么？》，意大利文译本，高行健、杨炼长篇对话，意大利米兰，Medusa 出版社。

《YI》，中英文对照长诗，美国洛杉矶，Green Integer 出版社。

《河口上的房间》，中法文对照诗选，法国圣拿萨尔，M.E.E.T. 出版社。

二〇〇二年

《幸福鬼魂手记》，英译诗选，香港，Renditions Paperback丛书。

《面具与鳄鱼》，中法文对照诗选，法国第戎，Virgile Ulysse Fin De Siecle 出版社。

二〇〇三年

《幸福鬼魂手记——杨炼新作1998—2002》（诗歌、散文、文论集），上海，上海文艺出版社。

《杨炼作品1992—1997》（诗歌卷：大海停止之处；散文、文论卷：鬼话、智力的空间），上海，上海文艺出版社。（再版）。

二〇〇四年

《大海停止之处》，法译诗选，法国巴黎，Caracteres 出版社。

《流亡使我们获得了什么？》，法译本，高行健、杨炼长篇对话，法国巴黎，Caracteres 出版社。

《大海停止之处》，意大利、英、中文对照诗选，意大利米兰，Libri Scheiwiller 出版社。

二〇〇五年

《幸福鬼魂手记》，日文翻译诗选，日本东京，思潮社。

《同心圆》，英文翻译长诗，英国，Bloodaxe 出版社。

《大海停止之处》，低地苏格兰文翻译诗选，苏格兰爱丁堡，Kettillonia 出版社。

《水手之家》，"水手之家"诗歌节文献本，六种原文对照英译，杨炼主编并序，英国，Shearsman 出版社。

《YI》，中英文全文朗诵长诗《㐌》，一套四张 CD，澳大利亚悉尼，Joyce 出版社。

二〇〇六年

《幻象中的城市》，英译诗文集，新西兰奥克兰，奥克兰大学出版社（AUP）。

二〇〇八年

《艳诗》，诗集，山东，《谁》诗刊。

《骑乘双鱼座——五诗集选》，中英文对照诗选，英国，Shearsman 出版社。

二〇〇九年

《艳诗》，诗集，台北，倾向出版社。

《一座向下修建的塔》，文论集，凤凰出版社。

《李河谷的诗》，中英文对照诗选，英国，Bloodaxe出版社。

《幸福鬼魂手记》，德译诗文集，德国，Suhrkamp出版社。

二〇一〇年

《雁对我说》，诗、散文、文论自选集，香港，明报月刊出版社
（世界当代华文文学精读文库）。

《雁对我说》，诗、散文、文论自选集，新加坡，青年书局（世
界当代华文文学精读文库）。

《幸福鬼魂手记》，法译诗文集，法国巴黎，Caracteres出版社。

二〇一一年

《叙事诗》，长诗，北京，华夏出版社。

二〇一二年

《唯一的母语——杨炼：诗意的环球对话》，对话集，上海，华
东师范大学出版社。

《玉梯》，英译当代中国诗选，英国，Bloodaxe出版社（杨炼
与英国诗人W. N. Herbert等共同主编）。

二〇一三年

《同心圆》，德译长诗，德国慕尼黑，Hanser Verlag出版社。

《叙事诗》，中文长诗，台北，联经出版公司。

《眺望自己出海》，中文诗选，台北，秀威资讯科技股份有限公司。

《大海停止之处》，中文、斯洛文尼亚文对照诗选，斯洛文尼亚，

Beletrina 出版社。

《大海的第三岸》，中英诗人互译诗选（中英文对照），英国，Shearsman 出版社（杨炼、英国诗人 W. N. Herbert 主编）。

《大海的第三岸》，中英诗人互译诗选（中英文对照），上海，华东师范大学出版社（杨炼、英国诗人 W. N. Herbert 主编）。

البحـر يتوقّف حيث（大海停止之处），2014，大马士革—贝鲁特，Dar Attakwin 出版社。阿拉伯译文诗选。

二〇一四年

《饕餮之问》，精选组诗、诗歌新作及译诗集，南京，江苏文艺出版社。

二〇一五年

《周年之雪》，诗文选，北京，作家出版社。

《杨炼创作总集1978—2015》（九卷本），诗、散文、文论、对话、翻译精选，上海，华东师范大学出版社。

《发出自己的天问》，诗文集，台北，秀威资讯科技股份有限公司。

图书在版编目（CIP）数据

杨炼创作总集:1978~2015.第8卷,一座向下修建的塔:中文对话、访谈选辑/杨炼著.
--上海:华东师范大学出版社,2015.10
　ISBN 978-7-5675-4179-5
　Ⅰ.①杨… Ⅱ.①杨… Ⅲ.①中国文学-当代文学-作品综合集②杨炼-访问记
Ⅳ.①I217.2②K825.6
　中国版本图书馆 CIP 数据核字(2015)第 244213 号

华东师范大学出版社六点分社

企划人　倪为国

杨炼创作总集 1978—2015（卷八）
一座向下修建的塔:中文对话、访谈选辑

著　　者	杨　炼	
策划编辑	王　焰	
责任编辑	倪为国　古　冈	
责任校对	王寅军	
封面设计	何　旸	

出版发行　华东师范大学出版社
社　　址　上海市中山北路 3663 号　　邮编 200062
网　　址　www.ecnupress.com.cn
电　　话　021-60821666　　　　行政传真　021-62572105
客服电话　021-62865537　　　　门市(邮购)电话　021-62869887
地　　址　上海市中山北路 3663 号华东师范大学校内先锋路口
网　　店　http://hdsdcbs.tmall.com

印 刷 者	上海景条印刷有限公司
开　　本	890×1240　1/32
插　　页	1
印　　张	5.25
字　　数	110 千字
版　　次	2023 年 2 月第 1 版
印　　次	2023 年 2 月第 1 次
书　　号	ISBN 978-7-5675-4179-5/I·1441
定　　价	68.00 元
出 版 人	王　焰

（如发现本版图书有印订质量问题,请寄回本社客服中心调换或者电话 021-62865537 联系）